AF599874

LO QUE PERDURA

María Ramos Lorenzo

Aliarediciones

Corrección: Ana Collado
Diseño de cubierta: Andrea Álvarez Rodríguez (Akkuara)
Maquetación: Aliar Ediciones

Depósito Legal: GR 404-2026
ISBN: 979-13-88282-02-7

Impreso en España

Edita
ALIAR Ediciones
www.aliarediciones.es
info@aliarediciones.es

LO QUE PERDURA

María Ramos Lorenzo

Para mis hijos, Israel y Diego,

porque son lo que verdaderamente perdura en mí.

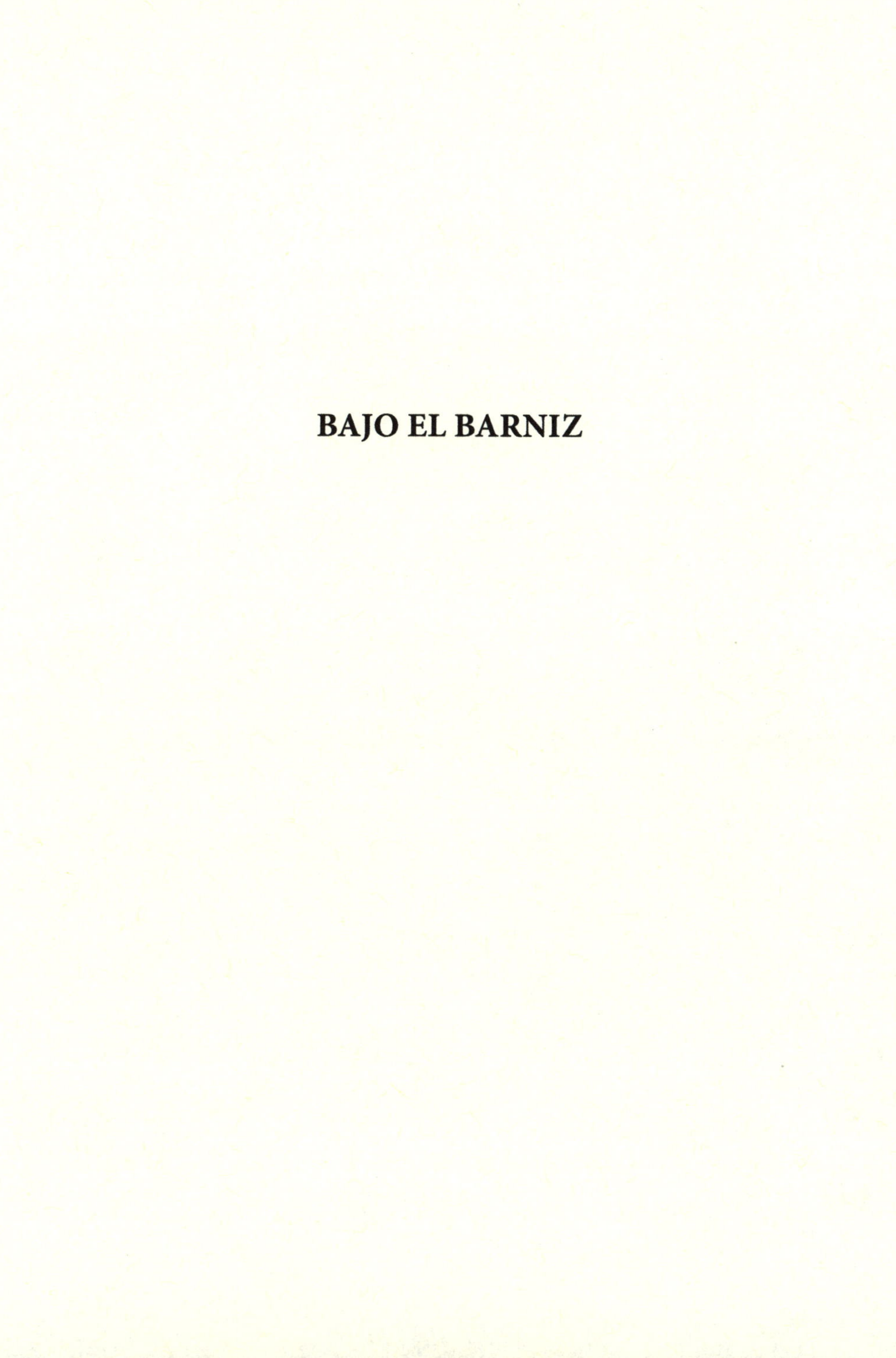

BAJO EL BARNIZ

*Ser diferente no es una maldición. Es una forma de existir
que el mundo aún no ha aprendido a mirar.*

*A veces, lo que no encaja no necesita arreglarse.
Solo encontrar un lugar donde pueda seguir siendo.*

Capítulo 1

Suena el despertador, las 7:45... como siempre. Ducha breve, café rápido... como siempre. A veces me miro en el espejo mientras me ato los zapatos, no por vanidad ni por costumbre, sino por curiosidad. Sigo siendo yo, en teoría.

Tengo cincuenta años y un rostro que aún podría pasar por atractivo, si alguien tuviera la cortesía de mirarlo de cerca. Los ojos son otra cosa, no por las ojeras, sino por esa forma que tienen de evitar el espejo, como si ya no esperaran reconocerse.

Salgo a la calle: coches, bocinas, atascos... como siempre. ¿Qué esperar de este lunes? Pues... lo de siempre.

La rutina... Oh, la rutina. Esa compañera fiel. Siempre ahí para recordarme que nada cambia, salvo la sensación de que cada día me cuesta un poco más respirar.

Mientras tanto, los demás ríen, conversan, se saludan como si el mundo tuviera sentido.

Yo, en cambio, observo desde la barrera. ¿Será que nací sin ese chip? ¿O lo perdí en alguna mudanza?

La gente me cree inteligente. Y tal vez lo sea. Pero lo cierto es que paso más tiempo observando que hablando. Hay quien lo confunde con arrogancia. Otros, con timidez. Nadie acierta. La verdad es más simple: no sé cómo encajar sin traicionarme, así que prefiero quedarme al margen, como un espectador silencioso de una obra en la que ya no tengo papel.

He aprendido a vivir en esa orilla. A caminar solo entre el ruido. Y, aunque uno se acostumbra —porque todo se normaliza, incluso el vacío—, a veces me pregunto si, en algún rincón de esta ciudad, habrá alguien más respirando con la misma facilidad fingida que yo.

Capítulo 2

Perdón, no me he presentado, me llamo Rowan Sinclair. Soy restaurador de antigüedades.

Cada día, de camino al taller, tengo por costumbre tomar el segundo café en Caledonian Coffee. El sitio tiene pequeños guiños a la cultura escocesa: algunos detalles en la decoración, un par de fotografías antiguas en blanco y negro y siempre suena de fondo una música que mezcla folk escocés con melodías celtas. El ambiente es agradable, sin pretensiones, y el personal es joven y afectuoso. Entre todos, hay una camarera que llama la atención: es española, sirve los cafés con una sonrisa tranquila y, entre turno y turno, estudia un máster en Historia del Arte. Se llama Águeda. (Dios... ¿quién le pone a su hija un nombre que uno no puede pronunciar sin parecer que se atraganta con un puñado de galletas?).

Águeda, cuando me ve entrar, ya me prepara, sin preguntar, un café como a mí me gusta, fuerte, solo y sin azúcar.

—Buenos días, señor Sinclair. Hoy parece que vamos a tener algún momento de sol.

Siempre me habla en español, dice que es un intercambio y que, sobre todo, lo hace por el esfuerzo que yo hago por pronunciar su nombre.

Yo intento saludarla con ese *spanglish* chapucero que siempre le arranca una sonrisa.

—Hola, Eygüeda —imito, haciendo lo posible por pronunciarlo como ella—. No creo que tengamos esa suerte. En eso tenéis la exclusiva en tu tierra, ¿no?

Me deja la taza en la mesa con una sonrisa entre condescendiente y coqueta.

Salgo con el delicioso amargo del café en la boca y empiezo mi rutinario trayecto.

Todos los días veo al mismo niño correr por el parque con la mochila colgando de un hombro. No sé su nombre, pero le he puesto Samuel. Tiene cara de Samuel. Corre como si le persiguiera el apocalipsis, pero, probablemente, solo va tarde al colegio... otra vez. A veces tropieza, se ríe solo, salta por encima de los bancos. Un espectáculo gratuito de energía mal gestionada.

No tengo hijos, ni los quise. No me iban a salir tan encantadores, seguro. Y, sin embargo, ahí estoy cada mañana, esperándolo sin querer admitirlo. Quizá porque, por alguna razón que aún no entiendo, ese pequeño huracán me recuerda que hubo un tiempo en que yo también tenía prisa por llegar a alguna parte.

Fue antes de que aprendiera a moverme despacio. Antes de entender que hay personas que, si corres hacia ellas, se asustan.

A él no le gustaban las prisas. Ni los relojes. Tampoco las promesas temporales. Yo tampoco supe detenerme a tiempo.

Se llamaba Theo. Tenía una forma extraña de mirar el mundo, como si escuchara algo que los demás no oímos.

Hablaba poco, pero, cuando lo hacía, todo se detenía. Incluso yo. Compartimos dos años, una casa, una cafetera, un colchón demasiado blando. Nunca fuimos de grandes gestos, solo un par de camisetas intercambiadas, algunas risas al atardecer y el silencio cómodo de quienes se saben a salvo.

Un día se fue. Dijo que necesitaba buscar algo que no podía explicarme. Y yo... yo no dije nada. Supongo que ya lo sabía. Hay amores que nacen con fecha de caducidad, aunque uno quiera hacerse el ciego. Y cuando terminan, no es el final lo que duele, sino todo lo que llegaste a imaginar que podía haber sido.

Desde entonces, no corro. Camino, observo, restauro. Como si, al devolver la forma a las cosas rotas, pudiera devolverme también algo de lo que perdí.

Capítulo 3

Mi taller está situado en Dundas Street. Tengo que reconocer que en este sentido soy afortunado. Mi reputación como restaurador me ha abierto las puertas de la élite, permitiéndome adquirir un edificio de dos plantas. Su fachada tiene una elegancia sobria característica de la arquitectura georgiana de Edimburgo. Las ventanas son grandes y rectangulares con marcos de madera pintados en un gris profundo que contrasta con la piedra. Estos grandes ojos de la fachada dejan entrar una luz natural que inunda el taller. Y eso, créeme, es crucial para el delicado trabajo de restauración.

Os contaré que este lugar es de las pocas cosas de las que yo me siento orgulloso. Es como estar de verdad en casa. El olor es siempre el mismo: madera vieja, barniz, polvo fino y metal. No sé si es agradable o no. Supongo que, para mí, lo es. Me recuerda que este lugar existe, que yo existo.

Aquí todo está donde debe estar. La mesa principal, de roble, la hice restaurar hace años. Tiene marcas de fuego, cortes antiguos, pequeñas cicatrices que no quise borrar. Me gusta pensar que el tiempo también trabaja aquí conmigo.

Mi equipo son personas que comprenden que el silencio también forma parte del oficio. No suelo hablar mucho con ellos. Nos une la concentración y el respeto por lo que otros llamarían ruinas. Son los ojos y las manos de los que creen en las segundas vidas de las cosas. Cada uno tiene su rincón, su pieza, su método.

Las estanterías están llenas de objetos que otros llamaron inservibles y que yo decidí escuchar. Fragmentos de marcos, esculturas sin rostro, relojes detenidos. Algunos llevan años conmigo. No me molestan.

A veces me siento en el banco bajo la ventana, no para descansar, solo para mirar. Porque aquí es donde todo cobra sentido. Porque este lugar —polvoriento, callado, ordenado a mi manera— me tolera sin hacer demasiadas preguntas. Y eso ya es bastante.

Y tú, querido lector —porque supongo que alguien estará leyendo esto, ¿no?—, seguro que también tienes tu pequeño refugio. Un rincón en casa, un banco en el parque, esa esquina del museo donde finges contemplar el cuadro como si aún te sorprendiera. O tal vez te apoyas en la barandilla del paseo marítimo, observando cómo las olas hacen lo suyo, una y otra vez, como si besar rocas y arena fuera una vocación.

A veces, cuando ya se han ido todos, me preparo un café en la pequeña oficina que tenemos para los descansos y recorro cada uno de los apartados del taller.

Si sigues más allá de la sala principal, descubrirás espacios más pequeños, diseñados para tareas concretas y silenciosas: la sala de cuarentena, que está cerca de la entrada, es un espacio designado para las piezas recién llegadas, donde se evalúa su estado inicial, se toman fotografías detalladas y se documentan sus daños antes de que comience cualquier trabajo. Este le pertenece a Murray, que actúa como una especie de aduanero del tiempo. Él es ese tipo de personas que siempre parece enfadado con el mundo. Tiene una mirada afilada detrás de unas gafas de montura gruesa y una voz que podría curar el insomnio de cualquiera.

—Otra joyita —dice al recibir un jarrón astillado del siglo XVIII—. Seguro que el cliente cree que esto es arte y no basura con pedigrí.

Murray no restaura, ni limpia ni barniza. Él clasifica, fotografía, registra y, sobre todo, juzga. Y nadie juzga mejor que él.

Se rumorea entre sus compañeros que Murray alguna vez fue artista, o poeta, o ambas cosas. Él nunca lo ha confirmado. Algunos creen que odia su trabajo. Otros, que odia el mundo. Pero quienes lo conocen un poco más —y esos no son muchos— saben que, en el fondo, lo que le molesta es que el pasado, por muy roto que esté, siempre acaba regresando.

A continuación, está el laboratorio de conservación: un espacio inmaculadamente limpio y con temperatura controlada, donde se realizan análisis de materiales, se preparan soluciones y se tratan piezas textiles o de papel extremadamente delicadas. Aquí, la esterilidad y la precisión científica son primordiales. Este es el santuario de Celeste Varnum.

Celeste no camina, flota. O, al menos, eso parece cuando se desliza por el laboratorio con sus zapatillas antideslizantes y su bata perfectamente planchada, sin una sola mota de polvo que se atreva a acercarse. Es la alta sacerdotisa del orden, la emperatriz de la pulcritud, y todo lo que toca parece quedar automáticamente más puro.

Especializada en conservación de papel y textiles antiguos, Celeste trata una carta de amor del siglo XVII con la misma reverencia con la que otros manipularían una reliquia sagrada. Su tono es suave, siempre medido. Pero su calma es engañosa: bajo esa voz baja y esa sonrisa educada se oculta una inteligencia meticulosa y una disciplina que no permite el más mínimo desliz.

En su laboratorio, la temperatura se mantiene estable como si el clima emocional también estuviera calibrado. Celeste sabe si una pieza ha sido tocada con manos sudorosas solo con mirarla. Sus compañeros la han visto detenerse frente a un pergamino y, sin decir nada, sacar un hisopo y comenzar una restauración quirúrgica, como si hablara un idioma secreto con el objeto. Ella no restaura: resucita.

Murray la llama, con tono medio en broma, medio en serio, «la doctora del tiempo», porque siempre parece estar en conversación silenciosa con los siglos. Celeste no responde al apodo, pero, a veces, cuando está sola en su laboratorio y el sol entra por la claraboya, se permite un gesto de media sonrisa. Solo uno.

En el taller, todos saben que, si una pieza llega al laboratorio, es porque merece una segunda vida. Y que, si Celeste pone su nombre en el informe, lo que fue, de alguna forma, sigue siendo.

Y al final de la nave está el taller de acabados y pulido: un área dedicada a los últimos pasos de la restauración. Aquí, el aire puede ser un poco más denso con el olor a ceras y lacas. Los objetos brillan bajo focos directos mientras se les aplica la capa final que les devolverá su esplendor original. Este espacio es propiedad de Brillo. Nadie sabe exactamente cuándo empezó a llamarse Brillo, pero nadie lo llama de otra forma. En el registro figura como Damián Costa, pero hasta el chico que nos trae el material lo saluda con un «¿qué tal, Brillo?». Y él, encantado. Porque si hay algo que Damián ama más que las superficies pulidas, es el protagonismo.

Brillo es puro carisma envuelto en mono de trabajo. Siempre tiene una canción en la cabeza —y muchas veces en los labios— mientras aplica la capa final a una marquetería o saca lustre a una moldura que parecía perdida para siempre. Su taller huele a cera, laca y, ocasionalmente, a café recalentado. Todo brilla... y no solo por los productos.

Le gusta decir que él no restaura, «resucita con glamur». Que, si Celeste es la doctora del tiempo, él es el maquillador de los siglos. Sus herramientas están organizadas, pero decoradas con pegatinas absurdas: una espátula tiene ojos, una lija está bautizada como «la exfoliante del Barroco». Y si alguien le pregunta por qué lo hace, él responde:

—Porque las cosas también tienen autoestima, cariño.

Damián tiene una risa contagiosa y una habilidad casi mágica para detectar el punto exacto en que una superficie ha recuperado su alma. No necesita aparatos; lo ve, lo siente, lo huele. A veces, se le oye murmurar a las piezas mientras trabaja, como si les diera ánimos antes de salir al mundo con su nueva cara.

Murray lo detesta en silencio («habla más con las sillas que con los humanos») y Celeste lo observa como si fuera un experimento interesante pero fuera de control. A Damián eso le da igual. Él sigue puliendo, tarareando y contando chistes malos mientras los objetos, uno por uno, vuelven a la vida entre sus manos.

Porque, en su rincón del taller, todo termina reluciendo..., incluso los lunes.

En la planta superior, alejado del bullicio —no tanto del personal como del incesante trasiego de materiales—, está mi refugio. La puerta, de roble oscuro con herrajes antiguos, me la regaló un cliente encantado consigo mismo, aunque no tenía la menor idea de lo que estaba entregando. Un gesto impulsivo que terminó colocándose entre mis manos como si me correspondiera por derecho. A veces creo que la puerta me eligió a mí y no al revés.

Cuando no consigo dormir —y créeme, ocurre con inquietante frecuencia—, regreso al taller, enciendo la lámpara de latón y me dejo llevar hasta algún libro de los estantes. Casi siempre acabo en el mismo: *The Conservation of Antiquities and Works of Art*, el de Plenderleith. No por motivos profesionales, sino por esa extraña costumbre mía de buscar consuelo en las palabras de quienes restauraban objetos mucho antes de que yo naciera.

Hay una frase, escrita en el margen por alguna mano anterior a la mía, que siempre me detiene: «El restaurador no debe imponer su presencia, sino reconciliarse con la ausencia».

Nunca supe si es original del autor o una anotación marginal que alguien dejó olvidada, pero la he hecho mía. Resume lo que intento hacer cada día: no corregir, no enmendar, sino comprender. Escuchar lo que está roto, no para borrarlo, sino para que deje de doler.

Muy a menudo, Murray dice que me pongo filosófico cuando me acerco a los libros antiguos. Brillo asegura que tengo alma de cura franciscano con complejo de carpintero. Celeste no dice nada, pero me deja tazas de té al pie de la escalera, como si supiera cuándo el pasado pesa más de lo habitual.

Cierro el libro. La luz es tenue, la calle está en silencio y, en este instante exacto —sin clientes, sin encargos, sin obligaciones—, siento que mi oficio tiene sentido. No por lo que arreglo..., sino por lo que acompaño. Y yo, por un momento, dejo de sentir que todo es... como siempre.

Capítulo 4

Hoy, nada más cruzar la puerta, Murray me sale al paso con cara de circunstancias.

—Rowan, ha venido un tipo rarillo preguntando por ti. Dice que es urgente que llames a su jefe.

Me quito la gabardina con calma.

—¿Un tipo rarillo? Estupendo. Justo lo que necesitaba hoy para darle emoción al día. ¿Y no traía una tarjeta perfumada, una pista encriptada o algo por el estilo?

Murray alza las cejas.

—Solo un número escrito en un papel. Ni nombre, ni sello ni nada. Lo he dejado en tu mesa.

Me encamino hacia el despacho sin responder. El sonido de mis pasos sobre la madera vieja es lo único que rompe el silencio. Cuando entro, ahí está: un trozo de papel doblado en cuatro, como una nota pasada a escondidas en una clase de primaria.

Lo despliego con cuidado. Un número de teléfono. Nada más.

Me dejo caer en la butaca.

—Qué sofisticación —murmuro.

Murray asoma por la puerta.

—¿Lo vas a llamar?

—Por supuesto que ahora no. Primero me haré un café. Si después de eso sigue pareciéndome una idea sensata, entonces me preocuparé.

Él desaparece, probablemente agradecido de no tener que presenciar lo que venga después. Porque lo haré, claro que lo haré. Pero antes necesito un momento para convencerme de que esto no es el comienzo de algo que me arrastrará fuera de mi taller.

Mientras la cafetera resopla como una bestia herida, me apoyo en la encimera y observo cómo el líquido negro cae, lento, imperturbable. En este lugar, todo sigue su propio ritmo. Nada sucede rápido y eso me gusta. Pero ese papel sobre la mesa tiene algo que desentona.

No es el número en sí. Es el vacío alrededor.

Cuando por fin tengo la taza entre las manos, vuelvo al despacho. Me siento, marco los dígitos sin pensarlo demasiado y llevo el auricular al oído. Una, dos, tres señales...

—¿Sí? —contesta una voz masculina, áspera, como de alguien que lleva años sin dormir bien.

—Soy Rowan Sinclair. Me han dicho que alguien de este número quería hablar conmigo.

Una pausa. Ni un suspiro. Ni un clic. Y después, otra voz se pone al aparato.

—Gracias por devolver la llamada, señor Sinclair. Mi nombre es Walter Armitage. Me gustaría que viniera a ver una pieza. Es... particular.

—¿Particular en qué sentido?

—En todos los que importan. Está en manos privadas. No se exhibe. No se toca. Nadie ha venido a restaurarla hasta ahora.

—Eso no suena precisamente a una invitación tentadora.

—Lo sabrá cuando la vea. Si acepta venir, le enviaré un coche. Y no se preocupe: no hay prensa, ni museo, ni pretensiones. Solo una pieza que lleva demasiado tiempo esperando.

Silencio.

No sé si me inquieta más lo que ha dicho o cómo lo ha dicho.

—¿Dónde está?

—En las Tierras Altas. Lo recogeríamos mañana, a primera hora.

La línea se corta antes de que pueda responder.

Me quedo ahí, con el auricular aún en la mano y el café ya frío.

—Claro que sí. Una obra maldita, un chófer en la puerta y cero explicaciones. Todo en orden.

Cuando salgo del despacho, aún tengo el auricular en la cabeza, como si las palabras de Armitage se me hubieran incrustado en el oído medio.

Murray está en la sala principal, removiendo una caja de molduras antiguas. Al oírme, levanta la vista.

—¿Entonces? —pregunta Murray en cuanto salgo del despacho.

—Una llamada muy esclarecedora. Me invitan a ver una pieza en las Tierras Altas. Quieren que vaya mañana. En coche privado, nada menos.

—¿Y de qué pieza estamos hablando? —pregunta Celeste, con media ceja arqueada y un pincel en el aire.

—No lo sé. Misterio absoluto. Solo me han dicho que es «particular». Lo cual puede significar cualquier cosa entre un cuadro del siglo XV y una mesa de Ikea con pretensiones.

—¿Y no preguntaste más? —dice Brillo desde la mesa de acabados.

—Claro que sí. Pregunté todo lo que pude en los diez segundos que me concedieron antes de colgar.

—Muy profesional.

Murray deja el trapo sobre la mesa.

—¿Y vas a ir?

—Mañana a primera hora, según el plan del señor Voz Misteriosa. Aunque sigo sin saber si es una oferta de trabajo o el arranque de un secuestro elegante.

—¿Y aceptaste?

—No. Pero tampoco dije que no. Me limité a quedarme quieto con el auricular en la mano, por si el silencio empezaba a dar más información que la voz.

Celeste ríe, casi sin querer.

—¿Y qué clase de persona envía un chófer para enseñar una pieza sin nombre?

—Una con mucho dinero. O mucho ego. O ambos.

Brillo se asoma desde su rincón.

—¿Y si es un asesino en serie con gusto por la restauración?

—Entonces, seré su primer caso documentado en el *Journal of Conservation.*

—Rowan...

—Tranquilos. Aún no he hecho la maleta. Ni he decidido si quiero formar parte del enigma o seguir restaurando marcos carcomidos con vosotros.

—A nosotros también nos rodean enigmas —dice Murray—. Solo que con menos presupuesto.

—Y más termitas.

Restaurar no siempre es devolver al pasado,
a veces es aprender a permanecer.

Capítulo 5

Son las ocho y media de la mañana cuando Murray asoma la cabeza por la puerta de mi despacho con la expresión de quien ha visto algo que no quiere volver a ver.

—Rowan..., hay un coche esperándote en la puerta.

—¿Un coche?

—Negro. Grande. Con chófer. Muy «te estoy esperando, señor Sinclair».

—Estupendo. Lo único que me faltaba para empezar el día con un toque de distopía.

Me levanto despacio. El abrigo ya está colgado en la silla, como si supiera desde anoche que no iba a librarse del viaje.

—¿Tiene matrícula diplomática, ventanillas tintadas y un maletero sospechosamente espacioso?

—No he mirado. Me pareció más prudente fingir que solo estaba sacando la basura.

—Sabia decisión.

Cruzo el taller en silencio. Brillo se detiene a medio lijado, Celeste ni siquiera finge que no está escuchando. A estas alturas, todos lo saben: me voy.

Murray me sigue con las manos en los bolsillos.

—¿Seguro que no quieres que alguien te acompañe? No es por preocupación, es por si hay desayuno en el coche.

—Lo dudo. A lo sumo, un silencio elegante y olor a cuero caro.

—Eso o un cadáver en el asiento de atrás.

—Entonces, será la experiencia completa.

Abro la puerta del taller. El aire frío me da en la cara como si tratara de convencerme de quedarme. Aparcado frente a la acera, un sedán negro brilla con una pulcritud de concesionario. El chófer, con abrigo oscuro y manos enguantadas, me ve y asiente.

No dice una palabra.

Me detengo en el umbral. Murray me observa desde dentro, medio en broma, medio en serio.

—Si no vuelves en tres días, le doy tu escritorio a Celeste.

—Solo si prometes no tocar mis libros.

—Nunca.

Bajo los escalones, abro la puerta trasera del coche y entro. El interior huele a cuero nuevo, sí. Pero también a algo más: a historia vieja barnizada con formalidad.

El coche arranca sin una palabra.

Durante los primeros minutos, el trayecto no dice gran cosa. Calles conocidas, semáforos rutinarios, un atasco a la altura del puente —cómo no— y la habitual danza de peatones apresurados y repartidores en piloto automático. Me acomodo en el asiento, lo justo para no parecer tenso. El chófer no ha dicho ni una palabra, lo cual agradezco. Su silencio tiene la decencia de no fingir amabilidad.

A medida que dejamos atrás la ciudad, las señales empiezan a desaparecer. Literalmente. Un desvío sin nombre, una carretera secundaria con más baches que sentido.

El paisaje cambia sin pedir permiso. Ya no hay casas, ni granjas ni señales de vida. Solo colinas cubiertas de brezo, salpicadas de rocas que parecen esculpidas por una voluntad antigua. El cielo, gris. El viento, obstinado. Y la lluvia..., puntual. En las Tierras Altas, todo tiene una manera elegante de no invitarte a quedarte.

Pasamos junto a un lago que no figura en ninguna postal. Oscuro, quieto, con esa belleza áspera que nadie se molesta en vender a los turistas. A lo lejos, unas ovejas nos miran con la misma expresión que yo: «¿por qué demonios hemos venido hasta aquí?».

El coche avanza como si supiera el camino mejor que yo mi propia vida. Serpenteamos entre curvas imposibles, atravesamos un pequeño puente de piedra que cruje al paso del coche y nos internamos en una especie de valle olvidado. No hay cobertura, ni postes de luz, ni otra cosa que no sea silencio vegetal y piedra húmeda.

Y entonces lo veo.

Allí, encaramado a una colina, aparece el castillo. No tiene torreones majestuosos ni banderas ondeando, sino una dignidad herida, como un anciano demasiado orgulloso para pedir ayuda. Algunas partes están apuntaladas. Otras, directamente derrumbadas. Aun así, se mantiene en pie. Y eso, en este paisaje, ya es una declaración.

El coche se detiene. El chófer me abre la puerta sin decir palabra, como si cruzar ese umbral fuera algo que debo decidir solo.

Doy un paso fuera. El aire es más denso aquí. Más frío.

—Buena suerte, señor Sinclair —dice el chófer con voz baja, sin esperar respuesta.

Cierra la puerta tras de mí con una suavidad casi ceremonial. Luego rodea el vehículo, se acomoda al volante y, sin mirar atrás, se aleja lentamente por el mismo camino por el que vinimos. El sonido del motor se va apagando hasta quedar solo el silencio, el castillo y yo.

El castillo me observa. Y yo, que tantas veces he restaurado ruinas, me pregunto si esta vez seré yo la pieza a recomponer.

Capítulo 6

La puerta del castillo no cruje. Tampoco se resiste. Se abre con una elegancia silenciosa que desentona con su fachada derruida. Si esto fuera una película, esperaría encontrar telarañas, aire viciado y algún retrato que me siguiera con la mirada. Pero no.

Lo que encuentro es... belleza. Una belleza inesperada, incómoda, como si alguien hubiera decidido guardar aquí, en este rincón olvidado del mundo, las piezas más valiosas de un museo imposible.

El vestíbulo es amplio, sobrio, y está flanqueado por columnas de mármol veteado. En una de las paredes cuelga un tapiz flamenco que representa —porque, claro, tenía que haber uno— una cacería de unicornios. A un lado, una escultura de alabastro que reconozco al instante: es una copia (o quizá el original perdido) de una ninfa de Canova. La talla es tan perfecta que parece que la piedra respira.

Doy un paso más, procurando no hacer ruido, aunque el suelo de parqué ni siquiera se molesta en crujir. Todo huele a madera encerada, a barniz reciente, a tiempo detenido con precisión quirúrgica. ¿Dónde me he metido?

—Señor Sinclair —dice una voz apagada a mi derecha.

Me sobresalto. Un hombre mayor, muy mayor, vestido de negro, está allí. No lo he oído llegar. No lo he visto aparecer. Puede que haya surgido directamente del empapelado.

—¿Usted es...?

—Gordon. El mayordomo.

Por supuesto que se llama Gordon.

—¿Y el señor...?

—El anfitrión está ocupado.

Claro. Faltaría más.

Gordon me mira como si evaluara mi composición química. Luego da media vuelta y empieza a andar. Lo sigo. Atravesamos corredores con techos altísimos y alfombras persas que probablemente valdrían lo mismo que todo mi taller. En las paredes, cuadros originales que no deberían estar aquí. Un Schiele. Un Sorolla. Un óleo de pequeño formato que reconozco como un Turner, aunque nunca he visto uno tan de cerca sin cristal de por medio.

—¿Todo esto es auténtico?

Gordon no contesta. Pero hay una leve curva en la comisura de sus labios. Algo parecido a una sonrisa o a una advertencia.

Pasamos junto a una puerta entreabierta. En su interior, lo juro, hay una virgen románica custodiada por dos vitrinas de marfil.

Finalmente, llegamos a una sala sin ventanas. Dentro, un piano de cola, negro y brillante descansa como un animal dormido. Hay un reloj sin manecillas en la pared. Un jarrón chino que podría haber salido del saqueo del Palacio de Verano. Una sola lámpara encendida ilumina una butaca. Me invitan a sentarme con un gesto.

Gordon me deja allí. Solo. No dice cuándo volverá. Ni siquiera si volverá. Saluda con un leve asentimiento y desaparece por la misma puerta por la que vinimos. La estancia queda en silencio.

Un silencio denso, casi profesional. De los que saben esperar.

Observo los objetos, los encajes de polvo casi deliberados, la colocación milimétrica de cada pieza. Nada está allí por azar. Ni yo.

Estiro las piernas. Me acomodo. Y, cuando ya empiezo a sospechar que se han olvidado de mí, la puerta se abre con la suavidad de una promesa cumplida.

Un hombre entra.

Ni joven ni viejo. Ni alto ni bajo. Ni frío ni amable. Solo... exacto. Cada pliegue de su ropa, cada paso que da, parece calculado para no romper la atmósfera.

Me observa en silencio durante unos segundos que pesan más que muchas conversaciones.

—Señor Sinclair —dice al fin—. Gracias por venir.

No me tiende la mano. No se presenta. Solo se sienta frente a mí, como si esta escena estuviera ensayada desde antes.

—Imagino que tiene preguntas —añade.

—Más que preguntas, advertencias —digo, apoyándome con exagerada tranquilidad en el respaldo—. Murray, uno de mis compañeros, asegura que, si no regreso, le cede mi escritorio a Celeste. Así que, si esto resulta ser un secuestro encubierto o un asesinato con clase, le agradecería que fuera rápido. No es que esté realmente preocupado —añado, al ver su expresión imperturbable—, es solo mi forma de quitarle tensión al hecho de que estoy en un castillo remoto con un desconocido que no me ha dicho aún qué demonios quiere de mí.

Una leve sonrisa se le dibuja en la comisura de los labios. Es tan breve que casi podría haberla imaginado.

—No lo traje para hacerle daño, señor Sinclair. Lo traje porque es el único que puede mirar lo que otros prefieren ignorar.

—Una declaración inquietante. No acostumbro a seguir a desconocidos a castillos en ruinas —digo—. Pero reconozco que su método tiene estilo. ¿Y qué guarda exactamente?

Hace una pausa. Observa el reloj sin manecillas, como si eso fuera a darle una respuesta.

—Mañana lo verá. La pieza no está lista para mostrarse hoy. Y usted tampoco.

—¿Perdón?

—Restaurar no es solo cuestión de técnica, señor Sinclair. Es disposición. Escucha. Renuncia al juicio. Hoy ha viajado. Se ha enfrentado al clima, a la incertidumbre y, sobre todo, a sus propias dudas. Mañana será distinto. Mañana verá.

—Muy poético. Aunque sigo sin saber si estoy aquí por una pieza artística, una trampa filosófica o una entrevista para una secta selecta de restauradores existenciales.

—¿Aceptaría quedarse esta noche?

La pregunta llega sin dramatismo, como si fuera lo más natural del mundo. Pero no lo es.

—¿Aquí? ¿En el castillo?

—Hay una habitación preparada. Discreta. Cálida. Silenciosa. Gordon se encargará de todo.

—¿Y si decido volver a Edimburgo?

—Entonces, lo llevarán de vuelta al amanecer. Pero, créame, lo lamentaría. La pieza no se deja ver por cualquiera. Ha esperado mucho.

—Eso ya suena más a profecía que a encargo.

—A veces se parecen demasiado.

Nos quedamos en silencio. Él no se mueve. Yo tampoco. La estancia parece contener la respiración.

—De acuerdo —digo al fin—. Me quedaré. Pero, si mañana descubro que la pieza a restaurar es un espejo, romperé el contrato de confidencialidad y lo contaré en todas las conferencias de conservación.

Otra mínima sonrisa. Casi afectuosa. O quizá condescendiente.

—No es un espejo. Aunque, en cierto modo..., lo es.

Se levanta. Yo también. Sin otro gesto, sale por la misma puerta por la que entró.

Gordon aparece instantes después.

—Si me acompaña, señor Sinclair.

Lo sigo. En algún rincón de mi cabeza, Celeste está haciendo apuestas sobre cómo acabará esto. Y Brillo, probablemente, está decorando un ataúd con brillantina.

Subimos por una escalera discreta. Las paredes están cubiertas de paneles de madera oscura y el silencio es tan espeso que casi se puede oír mi respiración.

Gordon abre una puerta.

—Su habitación. El desayuno se sirve a las ocho. Si necesita algo, toque la campana.

Cierra la puerta con suavidad.

Estoy solo en una habitación impecable, con una chimenea encendida y una cama que parece haber sido diseñada para el descanso de alguien mucho más importante que yo.

Me siento al borde. Observo la llama. Pienso en el viaje. En el castillo. En Armitage.

Y en lo que me espera mañana.

Capítulo 7

Desayuno solo, por supuesto. Una bandeja impecable me espera sobre la mesa: té, pan oscuro, mantequilla salada, una mermelada de aspecto tan artesanal que parece haber sido recolectada por monjes. Gordon no aparece. Tampoco Walter.

El silencio del castillo no es incómodo, pero sí intencionado. Como si cada piedra supiera que hay cosas que deben escucharse sin interferencias.

A las nueve en punto, una puerta se abre con la suavidad de lo previsto.

—¿Está listo, señor Sinclair? —pregunta Gordon, sin adornos.

—Nunca lo estuve y aquí me tiene —respondo, levantándome.

Lo sigo por un pasillo más estrecho, menos ornamentado. Bajamos unas escaleras de piedra viva. El aire es distinto. Más húmedo. Más denso. Menos decorado.

Finalmente, nos detenemos ante una puerta doble de madera vieja. Tiene herrajes oxidados pero firmes y una cerradura que parece sacada de un museo de cerrajería medieval.

Gordon la abre sin esfuerzo.

—Tómese el tiempo que necesite. Si requiere algo, estaré fuera.

Entro.

La sala es rectangular, de techos altos, sin ventanas. Solo una claraboya en lo alto deja pasar una luz pálida y estable, ideal para trabajar sin sombras. En el centro, sobre una gran mesa de roble, descansa la pieza.

Una lona de lino gris la cubre por completo.

Me acerco. Toco la tela. Áspera, con olor a polvo antiguo. La retiro con cuidado.

Y allí está.

Un retablo. Morisco. Imponente. Tallado en madera oscura, probablemente nogal, con inserciones más claras que reconozco como cedro. Más de dos metros y medio de altura, macizo y denso, como si el tiempo se hubiese acumulado en sus vetas. No hay figuras humanas. Ni vírgenes, ni santos ni mártires. Nada de rostros piadosos o gestos extáticos.

Eso ya dice mucho.

Efectivamente, es un retablo morisco. O, más bien, un híbrido que sobrevive a su época.

En lugar de escenas sagradas, ofrece una sinfonía de patrones: geometrías infinitas que se entrelazan sin principio ni fin, arabescos que parecen flotar sobre la superficie, ataurique que cobran vida con la luz, como si se ondularan al respirar. Hay un ritmo interno en todo aquello. Un orden que no obedece a los cánones cristianos, sino a otra fe. Una más antigua. Más abstracta.

El trabajo de talla es descomunal. No fruto de un encargo devoto, sino de una obsesión. De alguien que entendía el vacío como una forma de alabanza.

Cada curva, cada motivo, está ahí, no para contar una historia, sino para invocar una presencia. Algo que se intuye más que se comprende.

Tomo aire. Sí, esto va a llevar tiempo.

Y entonces lo veo.

Entre los patrones repetitivos, casi escondido en una esquina inferior, tallado con una fidelidad desconcertante: un escarabajo.

Pequeño, casi imperceptible si uno no lo busca.

No encaja. No por su forma —que es precisa, bien ejecutada—, sino porque rompe la lógica del resto. Como si el artesano hubiera querido dejar un mensaje privado. O una firma.

Me agacho. Lo observo de cerca. Las patas, la curvatura del caparazón, los ojos de ébano incrustados. ¿Ébano? ¿En una talla? Raro. Pero no imposible.

No parece añadido después. Está integrado en la madera, tallado en el mismo bloque que los arabescos.

Me quedo ahí unos segundos, en silencio. No sé si me inquieta o me divierte.

¿Un escarabajo en un retablo morisco del siglo XVII? ¿Por qué? Abro la libreta y tomo nota:

«Elemento figurativo fuera de estilo. Posible símbolo personal del tallista. O capricho. O advertencia».

Alzo la vista y vuelvo a mirarlo. El escarabajo sigue allí, impasible, como si me devolviera la mirada.

—Y tú, ¿qué pintas aquí?

No hay respuesta, naturalmente. Tampoco la esperaba. Pero algo me empuja a hablarle de nuevo, como si el silencio me incomodara.

—Te llamaré... Angus —digo al fin, sin pensarlo demasiado. Me suena apropiado. Me recuerda a un compañero que nunca hablaba, pero siempre sabía más de lo que decía. También tenía esa manía de mirar sin parpadear. Algo en él parecía estar fuera de lugar. Como yo.

Me pongo en pie y comienzo a tomar notas.

Detallo medidas, zonas conflictivas, puntos de acceso. Hago algunos bocetos rápidos. El escarabajo queda apuntado como «elemento decorativo no contextualizado».

Nada más.

A las dos horas, Gordon asoma por la puerta. Yo sigo midiendo.

—¿Desea un descanso, señor Sinclair?

—No. Estoy bien. Aunque, si tiene algo de café...

—Por supuesto.

Vuelve minutos después con una taza de porcelana que no desentona en absoluto con el lugar. Café fuerte, como me gusta.

No pregunta nada más.

Vuelvo a mirar el retablo.

Y a Angus.

Sigue allí, en su rincón, perfectamente inmóvil.

Capítulo 8

He pasado toda la mañana evitando mirarlo. Pero Angus está ahí, imperturbable, tallado en su rincón del retablo como si llevara siglos esperando que alguien lo viera de verdad. No encaja. Ni con el estilo, ni con el mensaje ni con la geometría perfecta que domina cada centímetro de esta obra. Y, sin embargo, ahí está. Observando, o eso parece.

Hoy he trabajado en el flanco derecho del retablo. Es una zona delicada, con filigranas que se deshacen si uno las mira con demasiada intensidad. Pero, mientras cepillo y retiro polvo viejo como si fuera piel muerta, mi mente sigue volviendo a él. Al escarabajo. A Angus.

Lo he dibujado. Primero por técnica: documentar su forma, su proporción, su ubicación exacta. Después, por algo que no tiene nombre. Un impulso. Una necesidad de quedármelo, aunque sea en grafito sobre papel.

He empezado a pensar que Angus es algo más que un error o una curiosidad del artesano. Es una firma, tal vez. O una grieta. Y las grietas siempre me han parecido más reveladoras que las superficies perfectas. Uno aprende más del desconchado que del barniz. Y Angus, con su caparazón ajeno al diseño, con sus ojos de ébano fuera de lugar, me recuerda demasiado a mí mismo.

Después del almuerzo —sopa caliente, cordero asado y pan oscuro con mantequilla salada, de postre, frambuesas con miel, todo ello servido en silencio por Gordon—, vuelvo al taller.

Esta vez, no trabajo. Observo. Me siento frente al retablo y dejo que el silencio me haga las preguntas que yo no me atrevo a formular. «¿Qué haces aquí, Angus? ¿Quién te puso donde no pertenecías? ¿Y por qué nadie te quitó?».

Pienso en Theo, en cómo su presencia rompía con todo lo que yo creía fijo. No fue un gran amor cinematográfico. Fue algo más inquietante: un amor que desacomodaba, que mostraba fisuras. Nunca encajamos del todo. Y, sin embargo, ahí estábamos. Como Angus. Como yo ahora frente a esta pieza.

Capítulo 9

Angus se ha movido.

Sí, lo sé. Es ridículo. Lo he comprobado tres veces, con regla, con lupa y con esa mezcla de escepticismo y desesperación que solo puede permitirse alguien que ha dormido en un castillo, desayunado con silencio y pasado la mañana hablando con un escarabajo tallado en madera.

Pero lo repito: Angus se ha movido.

Ayer estaba en la esquina inferior derecha del retablo, justo donde la curva del arabesco se interrumpe, como si alguien lo hubiese colocado ahí a propósito para romper la armonía. Hoy... está un poco más arriba. Apenas unos centímetros. Pero, en esta obra donde todo roza la obsesión matemática, eso no es un detalle. Es una herejía.

He repasado mis bocetos. Mis notas. He mirado el reverso de la hoja por si acaso se habían girado las leyes de la física cuando no miraba. Pero no: Angus está donde *no* estaba. Y eso no tiene ninguna gracia.

Gordon me ha traído el café esta mañana, tan puntual como siempre, con esa expresión neutra de quien podría estar sirviendo veneno o bendiciones sin mover una ceja.

—¿Ha entrado alguien en la sala desde ayer? —pregunto sin apartar la vista del retablo.

—No, señor Sinclair —responde sin esfuerzo, como si la pregunta fuera una formalidad.

—¿Ni para mover una talla de sitio?

—No sería habitual.

—Tampoco lo es que un escarabajo cambie de posición por voluntad propia —murmuro, más para mí que para él.

Gordon se limita a inclinar la cabeza.

—¿Desea azúcar?

—No. Solo respuestas. Pero empiezo a asumir que no están en la bandeja.

—Tomaré nota.

Y se va. Así, sin añadir ni un gesto de extrañeza. Como si haber insinuado que una talla se ha movido sola fuera tan común como pedir el café sin leche.

Vuelve a salir con la misma elegancia anestesiada que usa para entrar. No lo culpo. Yo tampoco sabría qué decir si un invitado empieza a hablarme de insectos viajeros.

Vuelvo a mi banco de trabajo y lo observo. A Angus, no a Gordon. El escarabajo sigue allí. Perfectamente tallado. Perfectamente fuera de lugar. Pero, ahora, *más* fuera de lugar. Como si, de algún modo, también él se sintiera observado. Como si necesitara cambiar de posición para seguir desentonando en paz.

—¿Tú también te estás hartando del orden? —le pregunto.

No responde, como es lógico. Pero tengo la sospecha absurda de que, si pudiera hablar, diría algo como: «Al menos tú puedes fumar en la ventana», o «yo no pedí estar en este retablo, ¿vale?».

No sé qué me inquieta más: que Angus se haya movido o que una parte de mí no esté realmente sorprendida. Quizá porque, en el fondo, sé lo que es cambiar de sitio sin que nadie lo note. Lo que es ser parte de un conjunto que no te reconoce. Lo que es estar tallado en la madera equivocada.

Tal vez, Angus y yo no compartimos solo el no encajar. Tal vez, compartimos algo peor: el no poder irnos.

He anotado el nuevo lugar en mi cuaderno. Sin dramatismos. Sin signos de exclamación. Solo una línea seca:

«Angus ha cambiado de sitio. Yo, aún no».

Capítulo 10

Vuelvo a la sala del retablo después del almuerzo, dispuesto a fingir que es un día más. Angus sigue allí, en su nuevo rincón, tan callado como siempre. No quiero tomar medidas. Ni dibujar. Solo lo miro, como se mira una herida cuando ya no sangra, pero tampoco cicatriza.

Y entonces escucho pasos.

No los de Gordon, que siempre suenan como si no estuvieran. Estos son distintos. Con intención. Con un eco apenas perceptible de autoridad.

Walter Armitage entra sin anunciarse. Sin excusas. Como si fuera dueño del silencio y pudiera romperlo cuando quisiera.

—Buenos días, señor Sinclair.

Asiento, sin levantarme del banco.

—¿Viene a ver si sigo cuerdo o si un escarabajo ya ha invadido la sala?

—Ambas cosas me parecen igual de improbables —responde y, por primera vez, percibo una inflexión irónica en su voz.

Se detiene frente al retablo. Lo contempla en silencio. Como si lo viera por primera vez. O como si nunca hubiera dejado de verlo. —¿Sabe lo que es esto, Rowan?

No respondo. A estas alturas, he aprendido que algunas preguntas solo se hacen para oírse a sí mismo.

—Es una anomalía —continúa—. Una pieza que no debería existir. Fue traída del sur de España a mediados del siglo XIX. No por encargo, ni por coleccionismo. Fue arrancada. Robada, si quiere usar palabras menos elegantes.

Se acerca un poco más. Pasa la mano, sin tocar, por la parte superior del panel.

—Pertenecía a una pequeña madraza, según los registros. No era valiosa en su momento. No tenía oro, ni figuras religiosas ni firmas reconocidas. Solo geometría. Solo vacío. Y, aun así..., alguien creyó que merecía ser arrancado de su sitio y traído aquí, donde no encaja. Como todo lo que vale la pena.

Me remuevo en el banco. No por incomodidad. Por identificación.

La palabra «vacío» se me queda dando vueltas, como si hubiese resonado más fuerte que el resto.

Como si me hubiera nombrado a mí.

Silencio.

Walter no añade nada más. Yo tampoco. Durante un momento, solo el crujido tenue de la madera y el zumbido distante del taller. Entonces, y solo entonces, abro la boca:

—¿Y por qué me eligió a mí? —pregunto al fin—. ¿Por qué no cualquier otro restaurador con más títulos, o más paciencia, o menos preguntas?

Walter me mira entonces. No como un cliente, ni como un anfitrión. Me mira como si ya supiera la respuesta, pero necesitara que yo también la supiera.

—Porque usted sabe ver lo que no armoniza... y no intenta corregirlo. Hace años restauró una arqueta mudéjar que pasó por una galería de Inverness. Nadie reparó en ella, excepto usted. No la embelleció. No intentó devolverle lo que ya no era suyo. Solo la dejó respirar.

Se detiene un instante, como si estuviera pesando sus palabras.

—Desde entonces, he seguido su trabajo. En silencio. Como usted sigue el de las piezas que nadie mira dos veces.

Hace otra pausa.

—Este retablo no necesita ser restaurado. Necesita ser comprendido. Y no conozco a nadie más dispuesto a escuchar algo que no ha pedido ser escuchado.

Quiero replicar. Preguntar si eso es un cumplido, una trampa o un diagnóstico. Pero no digo nada. Porque entiendo que no es un halago. Es un reflejo.

Walter se acerca al escarabajo. Lo mira de cerca, pero sin la sorpresa que yo había sentido. Como si ya lo conociera.

—Angus —dice.

Parpadeo.

Me giro, sorprendido.

—¿Lo ha llamado así? ¿Cómo sabe que lo llamo así?

—Lo escribió en su cuaderno. Anoche Gordon me lo dejó sobre la mesa.

—¿Y lo leyó?

—Solo esa línea. Fue suficiente.

Se aleja sin esperar respuesta. Antes de salir, se detiene en el umbral.

—No se apresure a terminar. Esta pieza lleva años esperando que alguien la escuche. Puede permitirse un poco más de tiempo.

Y se va.

Yo me quedo allí, mirando a Angus. Que, por cierto, sigue en su sitio. Por ahora.

Walter ya se ha marchado, pero su presencia aún flota en la sala como un barniz invisible. Me quedo solo con el retablo, el cuaderno abierto sobre las rodillas y Angus mirándome desde su nueva posición, como si supiera que acabábamos de ser mencionados sin permiso.

Vuelvo a leer lo que escribí el día anterior. No añado nada. Solo lo subrayo con lápiz. Dos líneas. Suaves. Como para no levantar sospechas.

«Angus ha cambiado de sitio. Yo, aún no».

Cuando Gordon viene a buscarme para la cena, no me muevo. No tengo hambre. Le digo que, más tarde, quizás. Él asiente con esa forma suya de asentir que parece un gesto heredado, no aprendido.

Esa noche no subo a mi habitación. Me quedo en la sala, sentado frente al retablo, escuchando el silencio, observando cómo la luz se extingue poco a poco. La claraboya apenas deja pasar la claridad gris de la noche escocesa, pero basta.

Pienso en la arqueta de Inverness. Había olvidado que existía. Es una pieza mínima, sin valor aparente, pero con marcas de uso que nadie quiso disimular. Yo tampoco. Le devolví estabilidad, nada más. La dejé con sus cicatrices, como debe hacerse con las cosas que han sobrevivido.

Walter lo ha entendido. Y me ha observado desde entonces. No sé si sentirme halagado o expuesto. Pero, por primera vez, no me molesta que alguien haya visto lo que suelo ocultar.

Me acerco al retablo.

Paso los dedos —con delicadeza, sin tocar— por los bordes de Angus. Sigue allí. Firme. Pero ya no parece fuera de lugar. O quizás soy yo el que empieza a entender que «fuera de lugar» es, a veces, el único lugar posible.

—¿Y tú? —susurro—. ¿Has tenido también alguien que te mire sin quererte cambiar?

El escarabajo no responde. Pero no lo necesita.

Vuelvo al banco. Abro el cuaderno en una página nueva y escribo:

«No toda restauración busca devolver algo al pasado. A veces, solo quiere darle permiso para quedarse».

Cierro el cuaderno. Me reclino. Y, por primera vez desde que llegué a este castillo, no tengo la sensación de estar esperando algo.

Tal vez porque, sin saberlo, ya he empezado a moverme.

Como Angus.

Solo que un poco más lento.

Capítulo 11

Hoy no hay bandeja. Ni rastro de Gordon. Tampoco café.

Y, sin embargo, no lo siento como abandono. Es más bien... liberación. Como si el castillo hubiera dejado de intentar impresionarme. Como si, al fin, hubiese bajado la guardia.

Voy a la sala del retablo. Angus, por supuesto, sigue en su sitio. Imperturbable. Pero algo ha cambiado. Yo.

Me siento frente al retablo, sin cuaderno, sin herramientas. Solo a mirar. Y me doy cuenta de algo que hasta ahora había pasado por alto: la imperfección del soporte.

El marco, aunque trabajado con delicadeza, tiene una curvatura mínima. Apenas perceptible. Como si el tiempo o la humedad lo hubiesen vencido en silencio.

Y, sin embargo, el retablo ha sobrevivido a esa deformación sin ceder. Las geometrías siguen su curso, los patrones no se rompen. Es como si la obra hubiera aprendido a inclinarse para seguir siendo.

Me levanto. Camino alrededor. Vuelvo a mirarlo desde otro ángulo. Y ahí está la clave. No es que el escarabajo no encajara. Es que todo lo demás había sido ajustado para no señalarlo.

«Como hacemos con las personas», pienso. Cuando algo no encaja, tratamos de corregirlo o de ignorarlo. Pero nunca de ajustar el entorno para que tenga su lugar.

Me viene Theo a la mente. Qué distinto habría sido todo si, en lugar de intentar adaptarme a lo que éramos, hubiera aprendido a ceder un poco más. A inclinarme como ese marco, solo lo justo, para sostener sin romper.

Quizás no se trata de encontrar el sitio perfecto. Sino de aceptar que ningún sitio lo es. Y que, a veces, el lugar correcto es aquel que te deja inclinarte sin perder tu forma.

Vuelvo a sentarme.

Angus sigue en su esquina, sin moverse, sin brillar, sin pedir nada.

Y, por primera vez, no me parece fuera de lugar.

Ni yo tampoco.

Escucho la puerta abrirse con ese sigilo de quien sabe que interrumpe algo íntimo. No me giro.

—No lo he tocado —digo.

—No esperaba que lo hiciera —responde Walter.

Se sienta en el banco de al lado, a una distancia prudente. Ambos miramos el retablo, como si fuera un tercero en la conversación.

—Está inclinado —digo, sin rodeos—. El marco tiene una curvatura leve. Seguramente, por humedad. Pero lo que me sorprende es que la pieza no se ha roto. Se ha adaptado.

Walter asiente. No parece sorprendido.

—Hay estructuras que se parten con la presión. Otras ceden un poco y sobreviven.

—¿Y las personas?

—También.

Hay un silencio. No incómodo. Solo expectante.

—¿Usted sabía lo del escarabajo? —pregunto.

—Claro. Lo vi la primera vez que abrí la sala. Pero no lo señalé. Quería saber si usted lo vería. Y cómo lo interpretaría.

Me tomo un momento antes de responder.

—Durante años creí que mi trabajo era arreglar. Volver las cosas a su forma original. Ahora empiezo a pensar que restaurar no es devolver, sino aceptar. Sostener lo que ya no encaja y permitirle seguir siendo.

Walter se gira ligeramente hacia mí.

—Usted ha restaurado muchas piezas, Rowan. ¿Alguna vez restauró un lugar?

—¿Un lugar?

—Sí. Un espacio. Un entorno. Un contexto.

Niego con la cabeza.

—Nunca me lo planteé.

—Quizá porque eso no se hace con herramientas. Sino con presencia. Con formas de estar. A veces, lo que no encaja no necesita irse. Solo que el resto se incline un poco para hacerle sitio.

Lo miro por fin. Hay algo en su expresión que no había visto antes. No misterio, ni poder. Solo... humanidad.

—¿Y si uno ya se ha acostumbrado a no encajar?

—Entonces, el trabajo no es cambiar. Es dejarse ver sin pedir permiso. Como ese escarabajo. Está ahí, fuera de lugar, pero nadie ha osado quitarlo. Y, con los años, su presencia se volvió parte de la historia.

Nos quedamos un rato en silencio. Luego, Walter se levanta.

—Me alegra que haya venido, Sinclair. No por el retablo. Por usted.

—¿Y ahora qué?

—Ahora decide si quiere terminar el trabajo... o quedarse un poco más y seguir observando.

—¿Y si no termino nunca?

Walter sonríe apenas.

—Algunas restauraciones no tienen final. Solo sentido.

Sale de la sala sin añadir nada más.

Me quedo con Angus. Con la curva del marco. Con esa frase dando vueltas en la cabeza.

Y, por primera vez, no me siento con prisas por terminar. Ni por encajar. Solo por estar.

La sala queda en silencio otra vez. Pero es distinto. Como si el aire se hubiera soltado el nudo de la corbata.

Me acerco al retablo. Paso los dedos por los bordes de las tallas, dejando que la vista se pierda entre líneas que no pretenden agradar, solo existir.

Angus sigue allí. Mudo, firme, discreto. Su presencia ya no me molesta. Me ancla.

Me siento en el banco de siempre. Abro el cuaderno.

Escribo:

> «No encajar no es un error. Es una forma de estar. Como Angus. Como yo. A veces, no se trata de corregir, sino de sostener el lugar que uno ocupa. Aunque no se parezca al resto».

Cierro el cuaderno con suavidad. El castillo no ha cambiado. Yo, sí. Y eso, por hoy, es suficiente.

Capítulo 12

Vuelvo a Edimburgo. Sin escolta, sin despedida.

Walter no me ofrece un contrato. Ni yo pido explicaciones. El castillo no se despide de mí y me parece justo. Algunas casas no necesitan cerrarse: simplemente, dejan de retenerte.

En el tren de regreso, no abro el cuaderno. Solo miro por la ventana. Las colinas pasan como si no me hubieran visto llegar. No llevo fotos. Ni *souvenirs*. Solo una frase que me ha quedado clavada, como una esquirla amable:

> «No toda restauración busca devolver algo al pasado. A veces, solo quiere darle permiso para quedarse».

Llego al taller por la tarde. El olor es el mismo: madera, barniz, café viejo. Murray gruñe una bienvenida sin florituras. Celeste deja una taza de té sobre mi mesa con el cuidado de quien deja una nota sin firmar. Brillo me guiña un ojo, como si no hubiera pasado más de un lunes.

Mi mesa sigue en su sitio. Mis herramientas, también. Pero yo no.

Me siento un rato sin hacer nada. Luego, abro el cuaderno y dibujo a Angus. Otra vez. Esta vez, sin sombrear los bordes. Sin intentar que encaje en ningún marco.

Y escribo:

«También yo soy una talla fuera de lugar. También yo merezco conservarme».

Por la noche, al cerrar el taller, me detengo en la puerta. No para revisar llaves ni alarmas. Solo porque, por primera vez en mucho tiempo, me apetece mirar la ciudad como quien vuelve, no como quien huye.

Y marco su número.

No lo he hecho en años. Lo tengo guardado con otro nombre. Por cobardía. O por pudor.

Hay una pausa. Larga. Quizá muy larga.

—¿Sí? —dice Theo. Su voz es la misma. Un poco más baja. Un poco más lejana.

No hablo enseguida. No tengo un discurso. Solo un gesto. Como quien toca a la puerta sin saber si quiere entrar.

—Hola —digo al fin—. Soy yo. Solo... quería saber si todavía te gustaban los sitios torcidos.

Hay una pausa. Larga. Honesta.

—Algunos —responde él—. Si no se empeñan en enderezarse.

Todo mi cuerpo se relaja. No por felicidad. Por alivio.

—Yo... sigo ligeramente torcido.

—Entonces, estás igual que antes.

—No. Esta vez me he dado permiso para quedarme así.

Silencio. Pero del que no duele.

—¿Café mañana? —pregunta él.

—Si me dejas elegir el sitio.

—Solo si no lo arreglas demasiado.

Cuelgo. No dejo escapar el aire. No lo necesito.

Apago las luces del taller. Cierro con llave.

Y, al salir a la calle, no siento que vuelva a lo de siempre. Siento que, por fin, yo también he sido restaurado. No corregido. No pulido. Solo... aceptado.

Como Angus. Como lo que no encaja, pero encuentra un sitio. Y sonrío.

Bajo el barniz, nada está roto.
Solo espera ser visto.

FIN

EL BANCO DE LA PLAZA

Capítulo 1

EL PRIMER GOLPE DE MARTILLO

Me llamaron banco mucho antes de entender qué significaba sostener. Antes fui árbol: guardé pájaros, tormentas y veranos enteros en silencio. Un día llegaron hombres con manos ásperas. El primer corte fue un relámpago que no venía del cielo. Caí y, con la caída, se borró el horizonte que conocía.

Me desarmaron en tablas, me alisaron con paciencia y polvo. Aprendí que la madera guarda memoria en anillos y en astillas, que cada cepillada no borra, solo ordena.

En el taller olí a cola, a barniz reciente, a pan de mediodía. Las voces de los carpinteros eran claras: discutían de fútbol, de sueldos, de una guerra que quedaba lejos y, sin embargo, respiraban cerca.

Entre bromas y sorbos de vino, me dieron forma: dos patas anchas, tres listones para el asiento, otros dos para la espalda. Me tocaron como quien arma una cuna. El último gesto fue una palmada abierta sobre mí, con cariño. «Para la plaza», dijo uno. «Que dure». A veces, una bendición tiene el mismo peso que una promesa.

Me llevaron en una camioneta que olía a gasolina y a sudor añejo. La ciudad apareció en trozos: persianas medio bajadas, un perro cansado, un niño que señaló con el dedo como si yo fuera noticia. En el centro había una plaza con sombra de tilos, un quiosco que vendía periódicos y caramelos, y el dibujo redondo de una fuente sin agua. Allí clavaron mis patas en el suelo. El primer martillazo me atravesó como un trueno pequeño. El segundo me aseguró. El tercero, curiosamente, me hizo sentir que ya no era solo madera: era lugar.

Aprendí rápido mi oficio. Las mañanas pesaban distinto que las tardes, el verano se sentaba de puntillas y el invierno caía entero, con abrigos y bufandas. Había risas que apenas me tocaban y llantos que humedecían el asiento. La madera crujía cuando un secreto era demasiado largo para sostenerlo.

La primera persona que se sentó sobre mí fue un obrero con manos negras de carbón. De su fiambrera sacó pan con sardinas y comió mirando a ninguna parte. Dejó migas en mis ranuras y una canción baja en la garganta. Descubrí entonces que el cuerpo, aun cansado, aligera cuando escucha algo querido. No habló conmigo, pero yo lo entendí. Era uno de esos años en los que el pan se medía y la alegría también.

Desde ese día, conté el tiempo en historias, no en relojes. Las suelas, los silencios, los nombres repetidos. La plaza respiraba por mí y yo, por fin, tenía una función sencilla y enorme: guardar.

Capítulo 2

PROMESAS DE OTOÑO

Ese año, el aire olía a metal y a sopa aguada. En los bolsillos, el papel mandaba: cartillas dobladas, cupones contados, dedos manchados de tinta de tanto hacer cola.

Las voces en la plaza iban con prisa, como si cada frase costara más de lo normal. Una tarde, cuando la sombra del quiosco ya me rozaba, llegaron dos jóvenes cogidos de la mano.

Él llevaba un uniforme que le quedaba grande en los hombros y pequeño en el largo del pantalón. Ella, un abrigo claro con los bolsillos llenos de nervios. Se sentaron despacio, como si interrumpieran algo. Yo noté en seguida el peso cruzado de las decisiones: los cuerpos se inclinan distinto cuando han dicho «sí» y cuando quieren decir «no».

—No puedo tardar —dijo él, mirando el borde de mis listones, como si allí hubiera respuestas.

—Lo sé —respondió ella—. Te he guardado pan para el viaje.

Abrió el bolsillo y sacó una servilleta con cuidado, como si dentro hubiera cristal. Partieron el pan en silencio. Las migas se escondieron en mí y un pájaro en el tilo de atrás giró la cabeza, curioso.

—Volveré antes de que las hojas caigan —dijo él al fin.

Esa frase pesó más que los dos juntos. Se posó sobre mí con un calor que no venía del sol. La guardé en la veta, entre el tercer tornillo del respaldo y la grieta que me cruzaba desde el verano pasado. Hay palabras que saben dónde quedarse.

—No digas eso —ella apretó la servilleta—. No prometas lo que no sabes si puedes cumplir.

—Marta... —pronunció su nombre como quien bebe agua después de mucho polvo—. Si no digo algo antes de irme, será como dejar que el tren no me devuelva.

Ella miró a la fuente seca. Yo sentí sus hombros hundirse y levantarse, como una marea chiquita.

—Entonces, dilo bien —susurró—. Dilo y mírame.

Jaime la miró. Ese gesto, simple, fijó dos clavos nuevos en mí: uno de dolor y otro de certeza.

—Vuelvo. Antes de que las hojas caigan.

Las hojas de los tilos estaban verdes todavía, pero alguna, adelantada, ya se había puesto amarilla. Cayó una, girando sobre sí misma, y aterrizó cerca de mis patas. Pensé que los árboles, a veces, obedecen a los que prometen.

Hablaron de cosas pequeñas para no tocar lo grande. De los guantes de lana que prometía el invierno, del perro del vecino que ya no ladraba de noche, de la bombilla del pasillo que parpadeaba como una frase sin terminar. En cada detalle se escondía la despedida, como una costura frágil a punto de soltarse.

Cuando se levantaron, él apoyó la mano en mi respaldo. Era una mano joven pero ya llena de grietas finísimas, como si el tiempo hubiera decidido adelantarse. Ella se retrasó un segundo, dejó los dedos donde habían estado los suyos. Sus dos calores se encontraron en la madera y, por un instante, fui puente.

—Si te escribo —dijo ella—, ¿dónde estarás?

—En el tren, en un barracón, en un lugar cuyo nombre no sabré pronunciar. Pero estaré.

No se besaron. A veces, los besos pesan menos que las miradas. Ella se fue por la calle de la panadería, él, por la del cuartel. Sus pasos se alejaron a ritmos distintos, como dos canciones que no encuentran el mismo compás.

Durante semanas volví a sentirla a ella: venía, a veces sola, a veces con una amiga que hablaba demasiado alto y le apartaba el pelo de la cara. Dejaba flores pequeñas en la base de mis patas, como si yo pudiera crecer de nuevo. Las flores se secaban sin drama. Yo aprendí que marchitarse también es una forma de quedarse.

Él no volvió ese otoño. Ni el siguiente. Llegaban noticias sueltas: nombres tachados en listas, postales sin remite, voces en la plaza que decían: «Dicen que», «parece que». La promesa se quedó conmigo como un abrigo imposible, demasiado grande para alguien que no tiene brazos.

Una mañana de viento, un niño se subió a mi respaldo y caminó sobre él con los brazos abiertos. Su madre gritó desde el quiosco, él saltó hacia el asiento y la madera crujió. No de dolor, sino de memoria: en ese crujido estaba el eco de un tren.

Pasaron inviernos con hambre y veranos con moscas. El mundo aprendía a vivir con menos y la plaza, con paciencia. Yo seguí guardando pequeñas cosas: un alfiler, un botón, una carta que cayó del bolsillo de alguien y que nadie reclamó. Las cartas pesan poco hasta que se leen, las no leídas pesan distinto, se quedan como nudos.

Esa noche llovió. La madera húmeda recuerda mejor: el agua mete las palabras en lo hondo. Oí a los tilos soltar sus primeras hojas con un suspiro colectivo, como si una promesa exhalara por fin. Nadie vino a recogerlas. Yo me quedé con ellas pegadas a mis patas, pegadas a mí como las cosas que no tienen destinatario.

No sé cuántas veces repetí para adentro: «Antes de que las hojas caigan». Las promesas, como los clavos, se oxidan. Pero no desaparecen. Se vuelven color cobre y manchan un poco alrededor. Si alguien apoyaba la mano en ese sitio, se le quedaba un polvo rojizo en la palma, un recuerdo que no sabía explicar.

Supe, desde entonces, que había frases que me definirían. Que yo no solo sostengo cuerpos: sostengo lo que dicen cuando no pueden sostenerlo ellos solos. Y que, de tanto sostener, uno aprende a reconocer las voces, aunque cambien los años.

No vi a Marta en mucho tiempo. Vi, en cambio, a una niña que se le parecía en los ojos: venía a jugar con un trompo y a contar chistes malos. Se reía con toda la cara. Un día, sin saber por qué, se sentó en el mismo lugar y dijo en voz alta a nadie: «Antes de que las hojas caigan». Sonrió, como si repitiera una consigna secreta. La madera se me llenó de hormigueo. Las frases, entendí, también tienen descendencia.

Y así siguió la plaza: domingos con mercado, jueves con moscas, lunes de periódicos tristes. Yo estuve aquí, como un párpado abierto, vigilando sin juzgar. Guardé promesas, migas, risas, cartas, nombres. Algunas cosas volvieron disfrazadas. Otras no volvieron.

Aún no lo sabía, pero esa primera promesa —pequeña, temblorosa, dicha con miedo y necesidad— sería la cuerda que, años después, ataría historias que ninguno de ellos imaginó. Yo, que no camino ni viajo, aprendí que los destinos se sientan, a veces, en el mismo sitio. Y que mi trabajo es escuchar sin olvidar.

Capítulo 3

LOS ZAPATOS NUEVOS

El verano empezaba a desabrocharse, dejando ver el otoño en los bordes. Las mañanas olían a pan reciente y a tiza nueva, porque, en la escuela del barrio, alguien trazaba letras grandes en una pizarra que, a esa hora, parecía más negra que nunca. Los tilos dejaban caer hojas tempranas, como si algunas se adelantaran para dar la bienvenida al curso.

Llegaron de la mano: un hombre con las sienes prematuramente plateadas y un niño con el brillo de lo recién estrenado en los ojos. Al niño le crujía la alegría en los tobillos y al padre le crujían, en cambio, los silencios. Se sentaron conmigo, uno a cada extremo, como si la emoción del pequeño requiriera distancia para no desbordar al adulto.

—No te los quites —dijo el padre, antes de que las manos inquietas atacaran los cordones—. Se llevan puestos para que te acostumbres.

Los zapatos eran de un marrón serio, como de domingo; tenían una costura firme y una puntada torpe en el lateral que hablaba de prisa y de ahorro. Olían a cuero. Cuando el niño balanceó las piernas, la madera me transmitió un golpecito rítmico, un tambor de nervios que pronto aprendí a reconocer: así laten los comienzos.

—¿Crees que le gustaré al maestro? —preguntó él, hundiendo la mirada en los zapatos como si fueran un espejo donde asomarse.

—Le gustará lo que pongas en tu cuaderno —sonrió el padre—. Y lo que llevas dentro de la cabeza. Lo de fuera... —hizo un gesto con la mano, como de espantar moscas—, lo de fuera ayuda, no manda.

El niño quiso creerlo. Bajó los pies un segundo para sentir el suelo con toda la suela.

—¿Fuiste a la escuela, papá? —La pregunta cayó despacio, buscando no hacerse daño.

—Un poco —respondió, mirando hacia el quiosco, como si allí vendieran respuestas—. Lo justo para contar y escribir mi nombre. Después hubo que llevar pan a casa. Entré en Correos —continuó—. Allí aprendí que un sobre puede alegrar una mesa... o dejarla muda durante años.

No añadió nada, pero sus manos, abiertas sobre mis listones, dejaron caer un cansancio antiguo que la madera guardó, por si algún día alguien necesitaba entenderlo. A veces, el cuerpo confiesa lo que la boca calla y las articulaciones dicen verdades que las palabras no alcanzan.

—Yo aprenderé mucho —dijo el niño, no como un deseo, sino como quien anuncia un plan ya en marcha—. Todo lo que tú no pudiste.

Sonrió con orgullo. Solo acercó un poco su cuerpo al del hijo y ese movimiento leve, casi imperceptible, me llegó como una corriente cálida. Hay abrazos que se dan sin tocar.

Una brisa movió las hojas de los tilos. Las sombras cambiaron de forma y el brillo de los zapatos encendió un destello mínimo en mi listón central. El niño extendió las piernas para ver mejor el efecto.

—Parecen de mayor —dijo, fascinado—. Como los de los hombres que hablan serio.

—Los hombres que hablan serio también pisan charcos —contestó el padre—. No te fíes de los brillos, hijo. Fíate de dónde te llevan.

Al otro lado de la plaza pasó una mujer empujando un cochecito, el bebé bostezó como si el día le quedara grande. Un vendedor ambulante canturreó su lista de baratijas y su voz me rozó con el hilo de lo cotidiano. En la fuente, por fin, habían reparado la tubería: un chorro suave volvió a llenar el aire con su murmullo. El barrio parecía aprender, despacio, a ser un poco menos escaso.

—¿Puedo correr hasta la fuente y volver? —pidió el niño, ya medio de pie.

—Una vez —concedió el padre— y despacio. Que los estrenas.

El niño salió disparado, que, para él, despacio era solo una palabra adulta. Sus pasos nuevos me quedaron vibrando en la madera unos segundos después de que se alejara, como un eco travieso. Lo vi frenar en seco ante el agua, mirar su reflejo por primera vez con esos zapatos que lo estiraban hacia adelante y regresar con la respiración abierta, lleno de mundo.

—No resbalan —anunció triunfal.

—Mejor —dijo el padre y sacó una bolsa de tela. Dentro se adivinaban un bocadillo envuelto en papel de estraza y un cuaderno con las esquinas ya dobladas por la impaciencia de haberlo mirado demasiado. Sacó un lápiz.

—Escribe tu nombre —pidió.

El niño apoyó el cuaderno sobre mí. Sentí la presión concentrada de la palabra naciendo línea a línea. Las letras salieron un poco torcidas, la «M», demasiado grande, la «A», como una escalera mal calculada. Cuando terminó, levantó el lápiz y me pareció que se sentía triunfador, como un soldadillo valiente.

—¿Así? —preguntó.

—Así —dijo el padre, con la voz baja.

Guardaron el cuaderno. Comieron el bocadillo a medias. Las migas se me quedaron en las ranuras, otra vez pan, otra vez la vieja ceremonia. El padre contó historias pequeñas de su infancia: una pelota de trapo, una maestra con manos de yeso, el olor a madera húmeda cuando llovía y había que esperar bajo los aleros. El niño escuchó con la boca ocupada, que es como mejor se escuchan ciertas cosas.

—Cuando aprendas a leer bien —añadió el padre, casi para sí—, trabajarás en Correos como yo. Y, quizá, si estudias mucho, podrás ser alguien más importante que tu padre. —Hizo una pausa como quien mira un horizonte que todavía no existe.

El niño asintió con una seriedad que le venía grande y, sin embargo, le quedaba bien. Luego volvió a mirar los zapatos. Levantó una pierna, la giró a un lado y a otro, admirando cómo la luz obedecía al cuero.

—¿Me durarán mucho?

—Si los cuidas, sí —dijo el padre—. Y, si los gastas en cosas que valen la pena, aunque duren menos, habrán durado lo que tenían que durar.

La frase pesó en mí con la forma precisa de una recomendación verdadera. Hay consejos que llegan como un tornillo nuevo: ajustan sin dolor y ya sostienen.

Un coche pasó dejando un olor a gasolina. Desde una ventana cercana, alguien practicaba escalas en una armónica; las notas subían y bajaban con timidez, como si pidieran permiso a la tarde. El niño dejaba ya de balancearse: había encontrado un punto de quietud que solo aparece cuando uno acepta que algo está a punto de empezar. Yo reconocí ese peso. Lo reconozco siempre: la pausa antes del salto, el silencio justo antes del «vamos».

—Venga —dijo al fin el padre, poniéndose en pie—. Que no te vean llegar tarde el primer día.

El niño se levantó de un brinco. Antes de irse, apoyó la palma sobre mi listón, del mismo modo en que otros, tantos años atrás, habían apoyado una promesa. Sus dedos dejaron un calor fugaz y un rastro de polvo de tiza, quién sabe de dónde, como si ya se hubiera contagiado de su futuro.

—Gracias —me dijo, sin darse cuenta de que hablaba conmigo—. Por sujetarme el cuaderno.

Yo, que no tenía voz, guardé la suya. Los vi alejarse: el hombre, con el paso medido, el niño tropezando mínimamente con su propio entusiasmo. El sol les puso una orla de cobre alrededor de las cabezas. Los zapatos, al doblar la esquina, brillaron por última vez, como dos ideas firmes.

Esa tarde vinieron otros niños con mochilas de tela, madres con ojos que alternaban orgullo y preocupación, abuelos que discutían el precio de las sardinas. La plaza se llenó de frases típicas de septiembre. Bajo mis listones quedó una miga, un trocito de papel con una «M» torpe y un hilo de cordón suelto que el niño había ido retorciendo entre los dedos hasta que se rindió. Lo guardé todo. No por obsesión, sino por oficio.

Pasaron los años y aquel niño volvió a sentarse sobre mí muchas veces: con las rodillas peladas, con un estuche de colores, con una vergüenza nueva cuando la mano de una compañera rozó la suya sin querer. Lo vi adolescente, pateando el suelo por una mala nota que no merecía tanto drama; lo vi joven, con un periódico doblado y una oferta de trabajo que lo hacía mirar al horizonte del puerto. Y, mucho después, lo vi volver con un cuaderno que contaría muchas historias que habían pasado por mí.

Se sentó exactamente donde había escrito su nombre por primera vez. Pasó la mano por el listón central, como tanteando en la madera un recuerdo táctil. Yo le ofrecí, sin poder moverme, la misma llanura de entonces. No dijo nada. Sonrió para adentro. Y apoyó, con una delicadeza de ceremonia, el cuaderno de ahora.

Los comienzos dejan huellas que solo se ven con cierta luz. Yo las veía y las guardaba. Porque hay zapatos que te hacen parecer mayor y otros —los verdaderos— que te enseñan a crecer por dentro.

Capítulo 4

DOMINGO DE MERCADO

La plaza estaba distinta. No era el murmullo de los días de diario, sino un rumor más vivo, hecho de pregones, de risas, de discusiones sobre precios y de bolsas que crujían como papel de regalo. El aire olía a fruta madura, a pan caliente y a pescado recién sacado del hielo. Entre los tilos, las voces se enredaban como hilos de colores en un telar improvisado.

Yo sentía el ir y venir de la gente como un oleaje: pesos que llegaban cargados y se aligeraban al partir, pasos que dejaban tras de sí una estela de prisa o de descanso. Era un día para mirar y dejarse mirar, para encontrarse con medio barrio sin haberlo planeado.

Ella apareció cargada de bolsas de rafia, con los brazos tensos y los dedos marcados por el peso. Se dejó caer sobre mí con un suspiro que me recorrió entero. Llevaba un vestido verde con pequeñas flores amarillas y un pañuelo recogiendo el cabello. En la frente, unas gotas de sudor brillaban como si fueran otra clase de joya.

—Ay, Señor... —murmuró, dejando las bolsas a su lado—. Esto no es vida.

El aroma de sus compras se mezcló con el de la plaza: melocotones dulces, tomates recién cortados de la mata, un poco de perejil húmedo. La madera los absorbió con gusto, como quien colecciona olores para los días grises.

A su derecha, dos hombres hablaban en voz baja, con ese tono de quien no quiere ser oído... pero tampoco hace mucho por evitarlo.

—Te digo que no fue así —dijo el primero, sin mirarlo de frente—. Eso no se hace.

—¿Y qué querías que hiciera? Yo no me puedo meter en eso —respondió el otro, mordiendo las palabras—. Lo vi con mis propios ojos. El cartero entró en el café con un sobre, uno de Correos, con sello y todo. Se sentó frente a Luis Cifuentes, el de Correos, cuchichearon un momento y, cuando se levantaron, el sobre ya no estaba en la mano del cartero, Luis se lo quedó. Se lo guardó como quien guarda un cuchillo.

La mujer fingió acomodarse el pañuelo, pero se inclinó apenas, lo justo para que el sonido le llegara más claro.

—¿Y Marta? ¿Marta lo sabe?

El segundo soltó una risa seca, sin gracia.

—¿Marta? ¿Qué va a saber? Y más le vale no enterarse. Aquí hay gente que se cree con derecho a cerrar bocas... y cartas.

Hubo un silencio breve, lleno de esa tensión que estira el aire. Después, los pasos de los hombres se alejaron, tragados por el bullicio del mercado.

La mujer los siguió con la mirada, frunciendo el ceño. Luego volvió a hundirse en su asiento como si no hubiera oído nada. Sacó un abanico del bolso y comenzó a agitarlo con ritmo pausado. El movimiento me rozaba apenas, pero traía consigo ráfagas de aire fresco y un leve perfume a lavanda.

—En este pueblo —dijo, como quien habla del tiempo— hay cosas que pasan y cosas que se tapan. Y luego una se queda con la lengua llena de preguntas.

Calló un instante. Miró hacia el quiosco, hacia los puestos, hacia donde los hombres se habían perdido.

—Pero yo... —añadió al fin, casi con sorna— yo bastante tengo con llevar las bolsas. No voy a ser yo la que acabe pagando lo que otros esconden.

En ese momento, un niño pasó corriendo y casi derribó una de sus bolsas. Ella lo reprendió con un gesto, pero sin dureza. El niño sonrió y se perdió entre los puestos de ropa.

Un vendedor ambulante se acercó ofreciendo claveles rojos. Ella negó con la cabeza, pero sus ojos se quedaron un instante más en las flores, como si se hubiera visto a sí misma hace años recibiendo un ramo parecido.

El reloj del quiosco dio la hora. Ella recogió las bolsas, se levantó con un leve quejido de espalda y se marchó sin mirar atrás. El calor que había dejado en mí todavía llevaba algo de esa mezcla de cansancio y curiosidad que traen las personas que escuchan más de lo que dicen.

El mercado se fue apagando esa mañana como una hoguera que se consume. Quedó el olor a fruta demasiado madura, las cáscaras de naranja en el suelo y yo, guardando entre mis vetas un pedazo de conversación que parecía perdido, pero que aún no había dicho su última palabra.

Durante semanas, volvió cada domingo, siempre cargada, siempre atenta a lo que ocurría alrededor. Y cada vez que los dos hombres aparecían en la plaza, sus ojos los seguían, como si esperara el momento en que uno de ellos cometiera un error.

Nunca lo supe entonces, pero aquellas frases sueltas —ese «uno de Correos», ese «se lo quedó», ese «más le vale no enterarse»— no eran solo rumor de mercado: eran el hilo suelto de una historia más grande, la que ataba la vida de Marta al silencio y a una promesa que seguía pesando en el aire.

Capítulo 5

LA NIÑA Y EL ÁRBOL

Ese verano, el sol parecía tener prisa. Subía temprano, se quedaba alto y brillante y se iba tarde, como si no quisiera perderse ni un minuto de la plaza. Las sombras de los tilos se encogían y estiraban como gatos perezosos. El calor me llenaba de un perfume nuevo: mezcla de savia seca y helado de limón que se derretía demasiado rápido en las manos de los niños.

Fue entonces cuando ella apareció por primera vez. No caminaba: saltaba sobre las baldosas, como si el suelo fuera un tablero de juego secreto. Traía un vestido ligero con flores bordadas y un libro demasiado grande para sus brazos. Se detuvo frente a mí, ladeó la cabeza y me examinó como quien decide si un sitio es digno de guardar un secreto.

—Tú antes eras un árbol, ¿verdad? —preguntó sin esperar respuesta.

Si yo hubiera tenido voz, quizá me habría sorprendido, pero ella lo dijo con tanta certeza que supe que ya lo sabía. Se sentó en el centro, con las piernas colgando, y abrió el libro sobre mis listones. Olía a papel nuevo y a lápices recién afilados.

—Mi abuela me dijo que los bancos son árboles que se cansaron de estar de pie y prefirieron escuchar —añadió, ajustando el borde del vestido—. Así que voy a leerte.

Y leyó. No como leen los adultos, que a veces arrastran las palabras o las recortan para llegar antes al final, sino como quien mastica cada sílaba. El banco que era sintió cómo cada palabra vibraba en mi madera, ligera y brillante, como un puñado de canicas rodando.

Vino todos los días a la misma hora: después de comer, antes de que las chicharras empezaran su concierto. Se acomodaba como si fuéramos viejos conocidos y comenzaba su ritual: colocar el libro, despejar migas invisibles con la mano, pasar la página con cuidado de no arrugar las esquinas. Me leyó cuentos de princesas que no querían casarse, de gatos marineros, de mapas donde los ríos eran azules y no marrones como los que corrían cerca del barrio.

—No te duermas, ¿eh? —decía a veces—. Que este es importante.

Yo no me dormía. Aprendí que las historias, igual que la lluvia o el frío, cambian el peso de las personas: con las tristes, ella se encogía; con las alegres, se alargaba como si creciera unos centímetros más.

A media tarde pasaba Tomás, el cartero, con la saca al hombro y un emblema cosido en la solapa de Correos. La cartera de cuero iba abultada y, al moverse, se le escapaban las puntas de los sobres, como si las cartas quisieran respirar. La niña lo seguía con la mirada, fascinada, como si fuera el mensajero de todos los cuentos.

Un día, trajo una caja de galletas y la colocó junto a ella.

—Hoy es especial —anunció—. Es mi cumpleaños. Ocho años.

Partió una galleta en dos, comió una mitad y dejó la otra sobre mí. No para olvidarla, sino para compartirla. El azúcar se quedó pegado a mi listón central durante días, como un recordatorio dulce de que hay quien da sin pedir.

Algunas tardes venía acompañada de su madre, que leía una revista sin levantar la mirada. Otras veces, su abuelo se sentaba a su lado y escuchaba, aunque fingía dormitar. Él tenía una risa pequeña que se escapaba cuando la niña leía algo gracioso.

—¿Sabes qué? —me confesó ella un día, en voz baja, como si los tilos pudieran contar el secreto—. Cuando sea mayor, voy a escribir mis propios cuentos. Y tú vas a ser el primero en escucharlos.

No supe entonces si lo cumpliría, pero guardé la promesa en la veta más profunda, donde el sol y la lluvia no llegan a borrar.

A finales de agosto, dejó de venir unos días. El calor apretaba tanto que las hojas parecían querer caerse antes de tiempo. Cuando volvió, traía un vendaje en la rodilla y una historia nueva: se había caído de la bicicleta persiguiendo a un perro que no era suyo. Me la contó entera, con gestos exagerados, y yo crují levemente, como si pudiera reírme con ella.

El último día de aquel verano, vino con una carpeta azul. Dentro había dibujos hechos con rotulador: princesas, gatos, mapas y, en la esquina, un banco bajo un árbol. No era un dibujo exacto de mí —tenía más listones y patas distintas—, pero llevaba algo mío en la manera en que estaba dibujado: sólido, confiable, dispuesto a escuchar.

—Para que no se te olvide —me dijo, apoyando el papel sobre mí antes de llevárselo de nuevo.

Los veranos siguientes vinieron otros niños con libros, cuadernos o meriendas. Pero ella... ella dejó una marca distinta. La madera aún recordaba el ritmo de su voz y la manera en que sus pies, pequeños entonces, golpeaban suavemente mientras pasaba página.

Años más tarde, cuando ya era adulta y caminaba con paso decidido, volvió a pasar por la plaza. No se sentó. Pero se detuvo un segundo, me miró y sonrió como quien saluda a un viejo amigo. En sus manos llevaba un cuaderno grueso, con el título escrito a mano: *Cuentos para un árbol sentado*.

Yo no podía abrirlo, pero no hizo falta: sabía que, de algún modo, todavía me estaba leyendo. A veces, cuando el sol cae de lado, todavía noto el borde de su uña siguiendo una veta, como si aprendiera a escribir en mí antes de escribir en papel.

Capítulo 6

LAS CARTAS QUE NO LLEGARON

El invierno había endurecido el aire. La plaza estaba casi vacía y el viento hacía un ruido leve al pasar por las ramas desnudas de los tilos. El quiosco ofrecía periódicos que hablaban más de despedidas que de comienzos y un olor a pan reciente llegaba desde la panadería de la esquina.

Tomás apareció despacio, apoyado en un bastón. El abrigo, viejo y brillante en los codos, parecía abrigar más recuerdos que calor. Caminaba con cuidado, como si en cada paso midiera el peso de lo que llevaba encima, un fajo de sobres en la mano atados con un hilo de bramante.

Se sentó sobre mí con un suspiro largo. Dejó el bastón apoyado en mi respaldo y sacó uno de los sobres. Durante un momento, lo giró entre los dedos. Era un sobre antiguo, amarillento, con una arruga en una esquina que no parecía reciente.

—Nunca debí meterme en esto... —murmuró, más para sí que para nadie.

Su voz se perdía a ratos, atrapada por el frío.

—Mi trabajo en Correos. Ruta fija, las mismas casas, las mismas caras. Hasta que, un día, el jefe, Luis Cifuentes, dijo: «Si llega algo para Marta Álvarez, lo dejas en mi mesa. Yo me encargo». Y lo hice. Sin preguntar.

Se quedó mirando el sobre, como si en él hubiera una respuesta que llevaba demasiado tiempo evitando.

—Al principio, solo las apartaba. Pero un día... —respiró hondo— no aguanté. Abrí una.

Sacó la carta y la sostuvo delante, sin leerla, como si ya se la supiera de memoria.

—No era larga, pero había una frase: «Volveré antes de que las hojas caigan».

Yo ya había escuchado esas palabras. Eran las mismas que un joven soldado le había prometido a una muchacha, aquí, hace casi cuarenta años. La madera guardó el eco de aquella tarde y entendió, de golpe, que una parte de esa historia se había quedado encerrada en un cajón.

—La guardé. Y a partir de ese día, ya no las dejé en su mesa, guardé todas las que llegaron después. No sé si él volvió. No sé si ella lo esperó. Solo sé que lo que él le escribió nunca llegó a cruzar la plaza.

Sus manos temblaban, pero no de frío.

—Pensé muchas veces en devolvérselas. Cuando la veía pasar por la calle..., cuando la escuchaba reír con las amigas... Siempre decía: «Mañana». Y ese día nunca llegaba. «Quizás mañana...».

Guardó la carta en el sobre y lo devolvió al fajo, apretándolo otra vez con el hilo de bramante, con el mismo cuidado que uno pone al cerrar una herida que nunca termina de sanar. Se levantó con lentitud, recogió el bastón y se marchó sin mirar atrás. Su figura se fue encogiendo hasta perderse detrás del quiosco.

El viento movió las ramas secas de los tilos y, de nuevo, una hoja solitaria cayó fuera de temporada. Pensé en Marta, en el soldado, en las palabras que viajaron para encontrarse y que quedaron detenidas en un cajón oscuro.

Las cartas pesan poco cuando se sostienen en las manos. Pero las que no llegan pesan en otro sitio: en la conciencia de quien las retuvo y en la madera de quien las escuchó sin poder hacer nada.

Capítulo 7

LA BODA QUE NO FUE

La plaza amaneció con una luz limpia, de esas que parecen recién lavadas por la lluvia de la noche anterior. El aire estaba templado y un grupo de gorriones se bañaba en los charcos que quedaban junto a la fuente. Era sábado, todo parecía ir más lento: los puestos del mercado montándose sin prisa, las conversaciones en tono bajo, como si la semana aún no hubiera terminado de marcharse.

Llegaron corriendo, cogidos de la mano, un chico alto, con el pelo revuelto y una chaqueta demasiado fina para la temporada, y una muchacha con un vestido sencillo, blanco roto, que apenas rozaba sus rodillas. Llevaban una mochila cada uno y una energía que vibraba como el agua antes de hervir.

Se sentaron sobre mí, respirando agitados. Ella abrió la mochila y sacó un pequeño ramo de flores envuelto en papel de periódico.

—¿Qué hora es? —preguntó, con una sonrisa que le iluminaba toda la cara.

—Las nueve y veinte —contestó él, mirando un reloj de pulsera que parecía heredado—. El tren sale a las diez y diez. Tenemos tiempo.

Se miraron un instante y en esa mirada estaba todo: el vértigo, la certeza, la idea de un futuro que se construye con dos billetes y una promesa.

—¿Estás seguro? —preguntó ella, bajando la voz.

Él sonrió, pero en los ojos le asomó un cansancio que no era propio de su edad.

—Llevo toda la vida esperando a que alguien me diga que sí.

Dijo «toda la vida» como si en esas palabras cupiera una casa lejos, un idioma aprendido a golpes y un hombre al que apenas había conocido y que, sin embargo, estaba en todas partes.

Ella le apretó la mano.

—No vamos a esperar a que nos den permiso.

Hablaban rápido, en voz baja, como si compartieran un secreto que la plaza no debía escuchar. Yo sentía el golpeteo de sus pies contra el suelo, ese ritmo que no sabe quedarse quieto cuando algo importante está a punto de ocurrir.

Él sacó de su bolsillo un sobre doblado.

—Es para mi madre —dijo—. Lo dejaré en el buzón antes de irnos. Así, no me buscará hasta que sea tarde.

Ella asintió, pero su mirada se quedó un segundo en el sobre, como si adivinara que había palabras que pesaban más que el papel.

—No es que me vaya a cualquier parte —añadió él, casi defendiéndose—. Me voy... para vivir. Aquí todo me recuerda cosas que ni siquiera viví.

Ella no preguntó. No hacía falta. Había nombres que en ese pueblo todavía se decían en voz baja, como si pudieran romperse.

Mientras hablaban de estaciones, direcciones y un amigo que los esperaba en otra ciudad, el tiempo comenzó a apretarse alrededor. Una paloma pasó volando muy cerca y ella dio un respingo que los hizo reír.

De pronto, sonó el teléfono de él. Era de los antiguos, de los que aún tenían antena. Lo miró, frunció el ceño y lo dejó sonar. Pero la llamada insistía.

—No contestes —dijo ella—. Ya está.

Él respiró hondo, como si midiera una decisión. Finalmente, respondió.

La conversación fue corta, apenas unos «sí», «¿otra vez?», «vale» y «voy». Cuando colgó, no la miró de inmediato. Guardó el teléfono, se pasó una mano por el pelo y dijo:

—No puedo irme hoy.

El silencio se extendió como una mancha. Ella lo miró, todavía con el ramo entre las manos, y yo sentí cómo su espalda se endurecía contra mi respaldo.

—¿Qué ha pasado?

Él tragó saliva.

—Es mi madre... Está en el hospital. Dice que se encuentra mal.

No dijo qué. No hizo falta: en su cara apareció esa expresión de quien ya conoce el tipo de «mal» que lo llama.

La muchacha apretó los labios, como quien entiende demasiado deprisa.

—¿Te ha dicho qué le pasa?

Él negó, pero el gesto no era de ignorancia: era de resignación.

—Desde que volvimos al pueblo... —empezó, pero se detuvo. Se le escapó el aire—. Desde que mi padre murió y ella quiso venir aquí, a su tierra... a la suya..., todo le pesa. Y cuando yo intento irme..., le pesa más.

No dijo el nombre de su padre. No hizo falta. En ese silencio se oía igual.

Ella bajó la vista al ramo, como si, de pronto, fuera un objeto ridículo.

—Entonces, te está atando —dijo, sin crueldad, solo con una verdad limpia.

Él miró hacia el quiosco, hacia la fuente, hacia los tilos que no tenían culpa de nada.

—No lo hace a propósito —murmuró—. O sí. No lo sé. Mi madre es viuda... y yo soy lo único que le queda de él.

La frase quedó suspendida y en ella se coló la sombra de un hombre que se había ido lejos porque, en este pueblo, las cartas no contestaban.

Ella respiró hondo. No lloró. Le puso el ramo en el regazo, cerró la cremallera de la mochila y dijo:

—Ve con ella.

Él intentó hablar, pero ella ya se estaba levantando. Caminó hacia la salida de la plaza sin mirar atrás. El chico se quedó sentado unos segundos más, con el ramo sobre las rodillas, como si pesara demasiado para cargarlo. Luego se levantó, lo dejó a mi lado y se fue en dirección contraria.

El ramo estuvo conmigo hasta la noche. Algunas flores comenzaron a inclinarse, cansadas. Un niño que jugaba cerca las recogió y se las llevó a su madre, sin saber que habían sido parte de una boda que nunca se celebró.

A veces, los destinos no se rompen de golpe. A veces, solo se aplazan, como un tren que se pierde por una llamada.

Y yo, que llevaba tantos años oyendo promesas, pensé que hay herencias que no son joyas ni tierras, sino silencios: los de un padre que no volvió, los de una madre que no pudo soltar y los de un hijo que estuvo a punto de irse pero se quedó.

Capítulo 8

ENCUENTRO DE DOMINGO

El domingo traía un aire tibio, de esos que invitan a salir sin prisa. Los tilos, ya vestidos de hojas nuevas, filtraban la luz en manchas que se movían como agua sobre el suelo. La plaza estaba tranquila: algunos niños jugaban a la pelota, un hombre hojeaba el periódico con las piernas cruzadas y el quiosquero pasaba las páginas de una revista sin mucho interés.

Yo llevaba años aquí, viendo domingos iguales y domingos que no se parecían a ninguno. Aquel, desde la mañana, olía a cosas que regresan tarde.

La vi llegar caminando despacio. Marta, ya de mediana edad, traía el bolso bien sujeto y, en la mano, un sobre cerrado apretado contra el pecho, como quien protege algo frágil... o algo que no quiere que se rompa del todo. Su rostro parecía sereno, pero en su manera de pisar había un cuidado nuevo, como si el suelo pudiera delatarla.

Se sentó sobre mí con cuidado. Sacó el sobre y lo dejó sobre el regazo. No lo abrió. Durante un momento, se limitó a mirarlo, como si esperara que el papel hablara solo.

Una brisa movió las hojas jóvenes. Y entonces lo vi aparecer por el lado del quiosco. Era Tomás, el cartero.

Caminaba con bastón. El cabello gris le caía sobre la frente y sus manos tenían esas manchas que no son solo de edad: son de días repetidos. Traía bajo el brazo el mismo paquete atado con el hilo de bramante. Se detuvo a unos pasos, dudó un segundo y pronunció su nombre con una cautela que ya era culpa.

—¿Marta Álvarez?

Ella levantó la vista. No se sorprendió, como si llevara días esperando esa voz, pero tampoco sonrió.

—Sí. Usted me escribió una nota —dijo tan bajo que parecía hablarle al aire—. Me dijo que tenía que verme. Que tenía unas cartas dirigidas a mí.

Él se sentó despacio a su lado, dejando el bulto apoyado entre sus piernas. Durante un instante, compartieron un silencio espeso, ese que se forma cuando hay demasiadas preguntas y ninguna parece segura.

Marta señaló el sobre.

—Encontré esto... —dijo— entre las cosas de mi tío. Cuando murió y vaciamos la casa. Estaba en el fondo de un cajón, como si no quisiera que nadie lo viera.

Y, como si alguien lo hubiera guardado deprisa, lo sostuvo un momento, sin abrirlo.

—Había más, en otro sitio. No tantas. Pero había... —tragó saliva— cartas con su letra, con fechas de mi juventud. Cartas que nunca llegaron a mí.

El hombre cerró los ojos un instante. Su mano se apretó sobre mi listón, como si buscara en la madera un apoyo que no se merecía.

—Yo trabajaba en Correos —dijo al fin, casi sin voz—. Y su tío... era mi jefe.

Marta no lo interrumpió. Solo lo miró con una calma que dolía más que un grito.

—Me ordenó apartarlas —continuó él—. «Si llega algo para Marta Álvarez, lo dejas en mi mesa. Yo me encargo». Y yo... lo hice. Al principio, obedecí. Sin pensar. Sin querer saber.

Se quedó mirando sus propias manos, como si en ellas estuviera escrito todo.

—Hasta que, un día, abrí una. Solo una. Fue un segundo. Y me bastó para entender que aquello no era un capricho ni un asunto suyo. Era... —se le quebró la voz— era cambiar una vida.

Marta bajó la mirada al sobre que llevaba en el regazo, como si, de pronto, pesara el doble.

—¿Qué decía? —preguntó, y la pregunta salió sin fuerza, como si le diera miedo la respuesta.

Él tragó saliva.

—Había una frase... «Volveré antes de que las hojas caigan».

Yo reconocí el temblor que esas palabras siempre traen. Habían nacido aquí, en otra tarde, en otra piel.

Marta se quedó inmóvil. La luz filtrada por los tilos le dibujó sombras en la cara, y en esas sombras se notó algo que no era rabia, ni pena ni alivio. Era una especie de comprensión tardía, como cuando uno descubre que ha vivido muchos años con una pieza del puzle escondida.

—Jaime... —susurró, y el nombre le salió como si no lo hubiera dicho en décadas.

El cartero bajó la cabeza.

—Después de leerla... ya no pude dejarlas en la mesa —confesó—. Empecé a guardarlas yo. Me dije que era por protegerlas. Me dije mil cosas. La verdad... es que me dio miedo. De él. De lo que me haría si me veía entregándole esas cartas. Y también... —alzó los ojos un instante— me dio miedo de usted. De mirarla a la cara sabiendo lo que estaba haciendo.

Señaló el paquete atado.

—Aquí están. Las que nunca encontró en casa de su tío.

Marta miró el bulto, luego al hombre. No extendió la mano. No aún.

—Entonces... —dijo con una voz que no era la suya—, no era que él me hubiera olvidado.

El cartero negó despacio.

—No. No la olvidó.

Marta apretó el sobre contra sí, como si acabara de entender que había abrazado durante años una ausencia construida por otros.

—A veces pienso que mi vida habría sido distinta si las hubiera leído a tiempo —murmuró—. Y otras, que quizá yo era la misma, con cartas o sin cartas. Pero... —se le humedecieron los ojos y, aun así, no lloró— esto... esto cambia algo dentro.

El cartero la siguió con la mirada.

—Hay cosas que ya no se pueden cambiar —dijo—. Pero hay cosas que..., al menos..., se pueden devolver.

Marta respiró hondo. No tocó aún el paquete. Solo asintió con un gesto mínimo, como quien acepta una verdad que llega tarde, pero llega.

—Déjemelo —dijo al fin, señalando el bulto—. Hoy no voy a leer nada. Pero déjemelo.

Él soltó el hilo de bramante con manos torpes, como si desatara un nudo de años. Y lo dejó sobre mí, entre los dos, con un cuidado casi reverente.

Marta se levantó. Se colgó el bolso. Miró al cartero una vez, sin dureza y sin consuelo, y recogió las cartas.

—Gracias por venir —dijo y no era un perdón. Era otra cosa: una puerta que no se sabía si se abría o se cerraba.

Se marchó con el paquete abrazado contra el cuerpo, como quien lleva algo que no es peso, sino nostalgia.

El cartero se quedó sentado un rato más, con la mirada perdida, las manos vacías sobre mí, como si por fin supiera dónde empezaba su castigo.

Y, en el hueco que dejaron ambos, volvió a resonar, como desde otra vida, aquella promesa que nunca cruzó la plaza a tiempo: «Antes de que las hojas caigan».

Capítulo 9

DOS ADOLESCENTES Y UNA CÁMARA

Era una tarde luminosa, de esas en las que el sol parece quedarse un poco más solo para ver qué ocurre. La plaza estaba tranquila: un anciano leía el periódico junto a la fuente, una pareja joven discutía sin alzar demasiado la voz y los tilos dejaban caer, sin prisa, alguna hoja rezagada.

Entonces aparecieron ellas: dos adolescentes con mochilas medio abiertas y la risa fácil que tiene quien todavía no sabe todo lo que pesa el mundo. Una llevaba el pelo recogido en una coleta alta, la otra, suelto y con un mechón teñido de azul. Traían un móvil con cámara, pequeño y brillante, como un juguete nuevo.

—Aquí está bien —dijo la de la coleta, dejándose caer sobre mí.

—Espera, que voy a grabar desde aquí —contestó la del mechón azul, poniéndose de pie justo enfrente.

Se miraron un segundo y entonces comenzó el espectáculo: poses exageradas, gestos dramáticos, frases sin sentido dichas con voz grave. Entre cada toma se reían a carcajadas, esa risa que sube y baja como una ola y contagia incluso a quien no sabe el motivo.

—Ahora haz como si estuvieras esperando a alguien muy importante —indicó la que grababa.

La otra se inclinó hacia adelante, apoyó los codos en mis listones y fingió mirar el reloj. Yo reconocí esa postura: no era la primera vez que alguien se sentaba así, esperando algo que podría cambiarlo todo.

Mientras jugaban, la cámara captó, sin que ellas lo supieran, la sombra del tilo marcando un marco sobre mí, un niño que cruzó detrás con una pelota y la media sonrisa del anciano que miraba como quien recuerda.

En un momento, decidieron intercambiar papeles. La del mechón azul se sentó en el mismo lugar y, sin darse cuenta, apoyó la mano en el listón donde, décadas atrás, Marta había dejado el calor de un sobre nunca abierto. No lo sabía, pero sus dedos quedaron un instante sobre esa veta que guardaba tantas palabras no dichas.

—¡Perfecto! —dijo la otra, riendo—. Vamos a subirlo esta noche.

Guardaron el teléfono y se quedaron un rato charlando, con las piernas cruzadas sobre mí. Hablaban de exámenes, de un profesor «pesado», de un chico que a una le gustaba y a la otra no. La conversación saltaba como una piedra sobre el agua: breve, ligera, sin hundirse demasiado en nada.

Cuando se fueron, dejaron una pegatina pequeña en mi respaldo, con forma de estrella. Se despegó unos días después, pero, durante un tiempo, quedó la marca, como un recuerdo de ese instante breve en el que dos vidas jóvenes pasaron por aquí sin saber que se sentaban en el mismo sitio donde otras tantas habían dejado historias mucho más pesadas. No lo sabían, pero hay cámaras —igual que bancos— que vuelven al mismo sitio cuando buscan verdad.

Años después, una de ellas volvería a la plaza con una cámara más grande y mejor, pero con otra intención: no grabar para divertirse, sino para un trabajo de historia local. Y sin saberlo, en una de sus grabaciones terminaría apareciendo Marta, ya anciana, cruzando la plaza con paso lento. Como si la cámara, igual que yo, supiera que aquí había algo que siempre merecía guardarse.

Capítulo 10

CONFESIONES DE INVIERNO

El invierno había dejado la plaza casi en silencio.

El viento soplaba entre los tilos, levantando hojas secas que no habían caído en otoño y que ahora giraban como si hubieran olvidado el momento correcto para desprenderse. El sol, bajo y pálido, apenas calentaba, pero dibujaba sombras largas sobre las baldosas.

Fue una mañana tranquila, hasta que llegaron ellas: dos mujeres mayores, abrigadas con capas de lana y bufandas gruesas. Caminaban despacio, del brazo, como si una marcara el paso y la otra el ritmo de la respiración. Traían consigo un olor leve a colonia antigua y a galletas recién hechas.

Se sentaron sobre mí con cuidado, como si temieran que la madera estuviera demasiado fría.

—Aquí siempre da un poco de sol —dijo la del gorro gris, acomodándose.

—Y aquí se han dicho muchas cosas —respondió la otra, con un tono que parecía arrastrar un secreto.

Durante un rato, hablaron de cosas pequeñas: los precios del mercado, el hijo de una vecina que se había mudado lejos, el dolor en las rodillas que empeoraba con la humedad. Pero, de pronto, la del gorro gris bajó la voz.

—¿Te acuerdas de Marta Álvarez?

—Claro que me acuerdo. La de los ojos claros... ¿Qué fue de ella?

—Se murió hace unos meses.

—Vaya... No lo sabía.

Hubo un silencio breve, roto solo por un niño que pasó en bicicleta.

—Encontraron cartas en su casa —continuó la del gorro gris—. Viejas, con matasellos de los años cuarenta. Abiertas y atadas con un lazo.

—¿Cartas?

—De un hombre..., un soldado. Todas con la misma frase: «Volveré antes de que las hojas caigan». Dicen que nunca las recibió en su momento. Que se las guardó alguien de su familia..., el tío, el de Correos. Luis Cifuentes.

Yo reconocí esas palabras como se reconoce una hendidura en la madera: por la forma exacta en que vuelve a doler.

La mujer del gorro gris hizo una pausa y miró el suelo. Se ajustó el guante, como si el nombre le hubiera manchado los dedos.

—¿Por qué harían algo así?

—No lo sé... Tal vez pensaba que así la protegía. O quizá quería que se casara con otro. Nunca lo sabremos.

La otra negó con la cabeza, como si intentara apartar la idea.

—Qué triste... Y pensar que toda una vida puede cambiar por algo tan pequeño como un sobre que no llega.

Se quedaron calladas un rato, mirando a la fuente. El sol les iluminaba la cara y sus sombras se alargaban sobre mis listones.

—¿Sabes? —dijo la del gorro gris—. Yo creo que, aunque las hubiera recibido, todo habría acabado igual.

—Yo no —respondió la otra—. A veces basta una palabra a tiempo para que todo sea distinto.

Recogieron sus bolsos y se levantaron, despidiéndose con un abrazo breve. Sus pasos se alejaron por la calle lateral y la plaza volvió a quedarse en silencio.

Yo me quedé con aquella conversación y con la certeza de que las historias, incluso las más antiguas, siguen viajando en voz baja, pasando de unos labios a otros, esperando que alguien, en algún momento, las escuche completas.

Capítulo 11

EL PESO DE UN CUADERNO

Aquella primavera parecía adelantada: los tilos ya tenían hojas jóvenes y tiernas, y la plaza estaba llena de luz. El aire olía a pan del quiosco y a café que escapaba de las terrazas cercanas.

A media mañana llegó un hombre de edad indefinida con una mochila al hombro y un cuaderno grueso en la mano. Se sentó en el centro de mis listones, apoyó el cuaderno sobre las rodillas y lo abrió. No era un cuaderno cualquiera: las páginas estaban llenas de anotaciones, recortes pegados, fotografías antiguas y frases escritas en distintos colores.

Sacó un bolígrafo y escribió un título en letras grandes: *Antes de que las hojas caigan.*

Me quedé atento, si es que un banco puede estarlo. Reconocía esas palabras de sobra. Las había escuchado tantas veces, en tantos labios, que ya formaban parte de mis vetas como una grieta antigua que nunca se cierra del todo.

El hombre pasó páginas. Entre las hojas, tenía copias de cartas con letra antigua, recortes de periódico, incluso un boceto a lápiz de esta plaza. En una foto en blanco y negro se veía una mujer sentada conmigo, sosteniendo un sobre en las manos. Yo la conocía: Marta.

—Faltan piezas... —murmuró él, escribiendo algo en el margen—. Pero encaja.

Durante una hora entera, trabajó así: escribiendo, tachando, pegando más recortes. Leí por encima de su hombro, a mi manera, nombres que recordaba de otras épocas: Marta Álvarez, Luis Cifuentes, Jaime... y Tomás, el cartero.

En un momento, sacó de la mochila un sobre viejo, con las esquinas gastadas. Lo colocó con cuidado sobre el cuaderno y lo observó como si fuera un tesoro. No lo abrió, pero pasó el dedo por la frase escrita en la primera línea. Luego, levantó la vista hacia los tilos y sonrió, como si hablara con alguien que no estaba allí.

—Si pudiera, se lo contaría todo.

Su teléfono sonó y lo sacó del bolsillo. Contestó con tono rápido:

—Sí, tengo casi todo. Falta lo del tío de Marta... Sí, ese. Pero creo que alguien en el barrio lo sabe.

Pausa.

—No, no es para un artículo. Es... para mí. Porque en mi casa también hubo un silencio así.

Colgó, cerró el cuaderno y se quedó un rato en silencio. Con el bolígrafo golpeaba suavemente la portada, como si cada golpe marcara un compás invisible.

Antes de irse, miró de nuevo el sobre. Lo guardó entre las páginas, metió el cuaderno en la mochila y se levantó. Pero no se fue enseguida. Apoyó la mano en mi listón central, exactamente donde tantas veces habían descansado manos con cartas, promesas y silencios.

—Algún día —susurró—, todo esto tendrá sentido.

Se marchó y yo me quedé con la certeza de que él era distinto: no venía solo a vivir su propia historia, sino a juntar las piezas de muchas otras que yo había guardado durante décadas.

En mi listón central quedó la huella breve de su mano, tibia, como si hubiera dejado aquí una promesa nueva. Y el aire, de repente, pareció lleno de papeles invisibles: nombres, fechas, silencios.

La plaza siguió a lo suyo. Pero yo supe que, por primera vez, alguien no venía a sentarse: venía a escuchar.

Capítulo 12

YA TODO ENCAJA

El hombre volvió a la plaza una tarde de otoño. El sol caía oblicuo, pintando los tilos de un dorado cansado. Traía consigo el mismo cuaderno de tapas negras, gastado en las esquinas, ahora más lleno que nunca. Se sentó sobre mí como quien regresa a la escena de un crimen resuelto.

Abrió el cuaderno y repasó, una vez más, las páginas cubiertas de su letra. Había investigado durante meses: archivos, hemerotecas, conversaciones con ancianos que apenas recordaban nombres, cajas olvidadas en desvanes familiares. Cada pieza se había resistido a encajar, pero, al final, el rompecabezas mostró su forma.

—Ya lo sé —susurró, aunque no había nadie alrededor—. Al fin lo sé.

Pasó una hoja con cuidado. Allí había copiado fragmentos de las cartas nunca entregadas: frases entrecortadas, promesas sencillas, la misma convicción repetida: «Volveré antes de que caigan las hojas».

El hombre apretó el lápiz, como si aún necesitara la certeza del trazo.

—El soldado no mintió. Escribía porque quería regresar. No fue él quien rompió la promesa. Escribió y escribió durante años cartas que nunca tuvieron respuesta. Y luego, el tiempo puso a otra mujer en su vida.

Se detuvo un instante, mirando el suelo, como si imaginara las huellas de aquellos pasos que nunca cruzaron la plaza.

—Y Marta... —continuó—. Ella esperó, sin saberlo. Creyó que la habían abandonado. No supo nunca que las cartas existían, porque se quedaron atrapadas en manos de su tío, aquel director de Correos que decidió silenciar una historia que no era suya. El cartero obedeció y guardó otras tantas, y el silencio hizo el resto.

Escribió una última línea en el cuaderno y dejó el lápiz quieto, como si se le hubiera acabado la fuerza: «Las cartas pesan poco en las manos. Pero las que no llegan pesan toda una vida».

Cerró las tapas y las dejó descansar sobre mí. Se quedó en silencio un buen rato, escuchando cómo el viento movía las hojas de los tilos. Luego pasó la mano por mis listones, como si buscara compartir conmigo el peso de aquella verdad.

—No lo publicaré —dijo al fin—. Esta historia no es mía para venderla. Se queda aquí, contigo. Con el banco que la guardó desde el principio.

Guardó el cuaderno en la mochila y se marchó. Caminaba ligero, como si haber encontrado la verdad no le quitara el dolor, pero sí la incertidumbre.

Yo me quedé con la huella de sus palabras y con la certeza de que, al fin, la historia completa había sido contada. El soldado no la había olvidado, Marta nunca lo supo y las cartas que no llegaron habían encontrado por fin un lugar donde descansar.

Capítulo 13

LA DECISIÓN DEL AYUNTAMIENTO

Fue un lunes de finales de verano, con un calor perezoso que se quedaba atrapado entre las fachadas. La plaza estaba medio vacía, como si todos prefirieran quedarse a la sombra en sus casas.

Dos hombres llegaron cargando carpetas y planos enrollados. Llevaban chalecos fosforitos y gorras con el logo del ayuntamiento. No se sentaron sobre mí; se quedaron de pie, justo enfrente, midiendo con cinta métrica la distancia entre los tilos y murmurando cifras que se perdían con el ruido lejano del tráfico.

—Aquí van los nuevos bancos —dijo uno, marcando con un trozo de tiza el suelo—. De composite, más resistentes, menos mantenimiento.

—Y estos viejos..., fuera —respondió el otro, sin mirarme, como si yo no fuera más que un mueble desgastado.

No sé si los bancos podemos sentir miedo, pero algo se me encogió en las vetas. No era solo la idea de desaparecer, sino la certeza de que todo lo que había guardado quedaría sin testigo.

—Se cambia todo a finales de mes —añadió el primero, mientras anotaba en su libreta—. La plaza quedará como nueva para la inauguración.

Cuando se fueron, quedó una marca de tiza junto a mis patas, como una sentencia escrita en polvo.

Ese día pasaron por aquí varias personas, sin saber nada: una mujer que leyó un libro en silencio, un niño que dejó caer un helado y se echó a reír, un hombre que miró el móvil durante diez minutos sin levantar la vista. Yo intentaba memorizarlo todo con más fuerza, como si, apretando los recuerdos, pudiera clavarlos más hondo para que no se borraran.

Al atardecer, apareció el joven del cuaderno. Se sentó en su sitio habitual, sacó las notas y empezó a escribir. Hablaba en voz baja, como pensando en alto:

—Faltan piezas..., pero ya casi está.

No sabía que el tiempo se le agotaba. Y yo no sabía si él podría terminar antes de que vinieran a arrancarme del suelo.

Cuando se fue, el polvo de la tiza seguía allí. Una línea blanca junto a mis patas, pequeña, pero lo bastante clara para recordarme que incluso los testigos más pacientes tienen fecha de caducidad.

Capítulo 14

ÚLTIMA TARDE

El sol caía oblicuo, tiñendo de oro las fachadas. Los tilos estaban llenos de hojas maduras, listas para rendirse al otoño. La plaza tenía un rumor lento, como si supiera que algo estaba por terminar.

Esa mañana habían colocado un cartel atado con bridas al tronco del tilo más cercano: «Renovación de mobiliario urbano. Disculpen las molestias». Yo sabía lo que significaba. No era una reparación. Era el final.

Uno a uno, fueron llegando. No porque supieran que era mi última tarde, sino porque la vida les trajo, como tantas otras veces.

Primero apareció la mujer del gorro gris, ahora más encorvada, con su amiga de siempre. Se sentaron un rato, comentaron las noticias y rieron por algo pequeño. No se dieron cuenta de que estaban exactamente en el lugar donde, décadas atrás, Marta había sostenido un sobre.

Después vino una madre joven empujando un carrito. El niño dormía y ella miraba el teléfono mientras apuraba un café en vaso de cartón. Al sentarse, dejó el bolso a un lado con ese gesto apurado de quien llega tarde a todo. Antes de irse, sin darse cuenta, se le deslizó de entre las páginas de un libro una flor seca y quedó allí, a mis pies. No era de ella. Era un resto heredado.

A media tarde llegó una mujer con pelo entrecano y una cámara colgada al cuello. La reconocí: era la adolescente del mechón azul, ya sin mechón ni adolescencia. Sacó unas fotos de la plaza, hizo *zoom* sobre mis listones y sonrió, como si hubiera encontrado algo que no buscaba.

El hombre del cuaderno fue el último. Cuando se sentó, puso el sobre sobre mis listones, pasó la mano por él y sonrió con un cansancio sereno.

—Ya no busco respuestas —murmuró—. Lo que faltaba no era el final, sino aprender a dejarlo ir.

Se quedó escribiendo un rato, pero, esta vez, no eran notas de investigación ni nombres enlazados, sino palabras suyas, íntimas, como si escribiera para despedirse.

Al levantarse, apoyó la mano en mi respaldo un instante más de lo habitual.

—Gracias —dijo, y esta vez supe que me lo decía a mí.

Esa noche, cuando la plaza se vació, me quedé escuchando el silencio, como siempre. Pero había algo distinto: no era un silencio que aguardaba otra historia, sino uno que cerraba las que ya había guardado.

Capítulo 15

NUEVA FORMA

Vinieron al amanecer, con herramientas y voces frías. Desatornillaron mis patas, me levantaron del suelo y me cargaron en un camión. El aire, de repente, era demasiado grande alrededor de mí.

No fui al vertedero. Una parte de mi madera, dijeron, estaba en buen estado. Me llevaron a un taller y me cortaron, me lijaron, me ensamblaron en algo nuevo: un pupitre pequeño para la escuela del barrio.

El primer día de clase, una niña apoyó los codos sobre mí y escribió su nombre en un cuaderno. La presión de las letras me recorrió como una corriente conocida. Sonreí por dentro —si es que los bancos, o los pupitres, pueden sonreír—, porque había vuelto a escuchar historias. Y supe que, aunque ya no estuviera en la plaza, seguiría sosteniendo palabras. Las letras se me quedaron dentro, como se queda el sol en la madera: sin verse... pero calentando.

FIN

Agradecimiento

A quien, en un momento importante,
me dijo simplemente: escribe.

ÍNDICE

BAJO EL BARNIZ

CAPÍTULO 1 15
CAPÍTULO 2 17
CAPÍTULO 3 20
CAPÍTULO 4 26
CAPÍTULO 5 31
CAPÍTULO 6 34
CAPÍTULO 7 39
CAPÍTULO 8 43
CAPÍTULO 9 45
CAPÍTULO 10 48
CAPÍTULO 11 53
CAPÍTULO 12 57

EL BANCO DE LA PLAZA

CAPÍTULO 1. EL PRIMER GOLPE DE MARTILLO 63
CAPÍTULO 2. PROMESAS DE OTOÑO 65
CAPÍTULO 3. LOS ZAPATOS NUEVOS 69
CAPÍTULO 4. DOMINGO DE MERCADO 75
CAPÍTULO 5. LA NIÑA Y EL ÁRBOL 78
CAPÍTULO 6. LAS CARTAS QUE NO LLEGARON 82
CAPÍTULO 7. LA BODA QUE NO FUE 85
CAPÍTULO 8. ENCUENTRO DE DOMINGO 89
CAPÍTULO 9. DOS ADOLESCENTES Y UNA CÁMARA 94
CAPÍTULO 10. CONFESIONES DE INVIERNO 97
CAPÍTULO 11. EL PESO DE UN CUADERNO 100

CAPÍTULO 12. YA TODO ENCAJA 103
CAPÍTULO 13. LA DECISIÓN DEL AYUNTAMIENTO 105
CAPÍTULO 14. ÚLTIMA TARDE 107
CAPÍTULO 15. NUEVA FORMA 109

AGRADECIMIENTO 111

Este libro se terminó de editar en Granada
en marzo de 2026 por

Aliarediciones

www.aliarediciones.es

info@aliarediciones.es